D0547272

UN SECRET

DU MÊME AUTEUR

PSYCHANALYSE DE LA CHANSON, Les Belles-Lettres-
    Archimbaud, 1996.
PAS DE FUMÉE SANS FREUD, Armand Colin, 1999.
ÉVITEZ LE DIVAN, PETIT GUIDE À L'USAGE DE CEUX QUI
    TIENNENT À LEURS SYMPTÔMES, Hachette littératures,
    2001.
LA PETITE ROBE DE PAUL, Grasset, 2001.
CHANTONS SOUS LA PSY, Hachette Littérature, 2002.

PHILIPPE GRIMBERT

UN SECRET

roman

BERNARD GRASSET
PARIS

Tous droits de traduction, de reproduction et d'adaptation
réservés pour tous pays

© *Éditions Grasset & Fasquelle, 2004*

A Tania et Maxime,
à Simon.

I

Fils unique, j'ai longtemps eu un frère. Il fallait me croire sur parole quand je servais cette fable à mes relations de vacances, à mes amis de passage. J'avais un frère. Plus beau, plus fort. Un frère aîné, glorieux, invisible.

J'étais toujours envieux, en visite chez un camarade, quand s'ouvrait la porte sur un autre qui lui ressemblait quelque peu. Des cheveux en bataille, un sourire en coin qu'on me présentait en deux mots : « Mon frère. » Une énigme, cet intrus avec lequel il fallait tout partager, y compris l'amour. Un vrai frère. Un semblable dans le visage duquel on se découvrait pour trait commun une mèche rebelle ou une dent de loup, un compagnon de chambrée dont on savait le plus intime, les humeurs, les goûts, les faiblesses, les odeurs. Une étrangeté pour moi qui régnais seul sur l'empire des quatre pièces de l'appartement familial.

Unique objet d'amour, tendre souci de mes parents, je dormais pourtant mal, agité par de mauvais rêves. Je pleurais sitôt ma lampe éteinte, j'ignorais à qui s'adressaient ces larmes qui traversaient mon oreiller et se perdaient dans la nuit. Honteux sans en connaître la cause, souvent coupable sans raison, je retardais le moment de sombrer dans le sommeil. Ma vie d'enfant me fournissait chaque jour des tristesses et des craintes que j'entretenais dans ma solitude. Ces larmes, il me fallait quelqu'un avec qui les partager.

Un jour enfin je n'ai plus été seul. J'avais tenu à accompagner ma mère dans la chambre de service, où elle voulait faire un peu de rangement. Je découvrais sous les toits cette pièce inconnue, son odeur de renfermé, ses meubles bancals, ses empilements de valises aux serrures rouillées. Elle avait soulevé le couvercle d'une malle dans laquelle elle pensait retrouver les magazines de mode qui publiaient autrefois ses dessins. Elle avait eu un sursaut en y découvrant le petit chien aux yeux de bakélite qui dormait là, couché sur une pile de couvertures. La peluche râpée, le museau poussiéreux, il était vêtu d'un manteau de tricot. Je m'en étais aussitôt emparé et l'avais serré sur ma poitrine, mais j'avais dû renoncer à l'emporter dans ma chambre, sensible au malaise de ma mère qui m'incitait à le remettre à sa place.

La nuit qui a suivi je pressais pour la première fois ma joue mouillée contre la poitrine d'un frère. Il venait de faire son entrée dans ma vie, je n'allais plus le quitter.

De ce jour j'ai marché dans son ombre, flotté dans son empreinte comme dans un costume trop large. Il m'accompagnait au square, à l'école, je parlais de lui à tous ceux que je rencontrais. A la maison j'avais même inventé un jeu qui me permettait de lui faire partager notre existence : je demandais qu'on l'attende avant de passer à table, qu'on le serve avant moi, que l'on prépare ses affaires avant les miennes au moment du départ en vacances. Je m'étais créé un frère derrière lequel j'allais m'effacer, un frère qui allait peser sur moi, de tout son poids.

J'avais beau souffrir de ma maigreur, de ma pâleur maladive, je voulais me croire la fierté de mon père. Adoré de ma mère j'étais le seul à avoir séjourné dans ce ventre musclé par l'exercice, à avoir surgi d'entre ces cuisses de sportive. J'étais le premier, le seul. Avant moi, personne. Juste une nuit, un bain d'ombre, quelques photographies en noir et blanc célébrant la rencontre de deux corps glorieux, rompus aux disciplines de l'athlétisme, qui allaient unir leurs destinées pour me donner naissance, m'aimer et me mentir.

A les entendre je portais depuis toujours ce nom bien de chez nous. Mes origines ne me condamnaient plus à une mort certaine, je n'étais plus cette branche grêle au sommet d'un arbre généalogique qu'il fallait étêter.

Mon baptême avait eu lieu si tard que j'en gardais intact le souvenir : le geste de l'officiant, la croix humide imprimée sur mon front, ma sortie de l'église, serré contre le prêtre, sous l'aile brodée de son étole. Un rempart entre la colère du ciel et moi. Si par malheur la foudre devait de nouveau se déchaîner, mon inscription sur les registres de la sacristie me protégerait. Je n'en avais pas conscience et me prêtais au jeu, obéissant, silencieux, tentant de croire, avec tous ceux qui me fêtaient, que l'on réparait une simple négligence.

La marque indélébile imprimée sur mon sexe se réduisait au souvenir d'une intervention chirurgicale nécessaire. Rien de rituel, une simple décision médicale, une parmi tant d'autres. Notre nom lui aussi portait sa cicatrice : deux lettres changées officiellement à la demande de mon père, orthographe différente qui lui permettait de planter des racines profondes dans le sol de France.

L'œuvre de destruction entreprise par les bourreaux quelques années avant ma naissance se poursuivait ainsi, souterraine, déversant ses tombereaux de secrets, de silences, cultivant la honte, mutilant les patronymes, générant le mensonge. Défait, le persécuteur triomphait encore.

Malgré ces précautions la vérité affleurait, accrochée à des détails : quelques feuilles de pain azyme trempées dans de l'œuf battu et dorées à la poêle, un samovar modern style sur la cheminée du salon, un chandelier enfermé dans le buffet, sous le vaisselier. Et toujours ces questions : régulièrement on m'interrogeait sur les origines du nom Grimbert, on s'inquiétait de son orthographe exacte, exhumant le « n » qu'un « m » était venu remplacer, débusquant le « g » qu'un « t » devait faire oublier, propos que je rapportais à la maison, écartés d'un geste par mon père. Nous nous étions toujours appelés ainsi, martelait-il, cette évidence ne souffrait aucune contradiction : on trouvait trace de notre patronyme dès le Moyen Age, Grimbert n'était-il pas un héros du *Roman de Renart* ?

Un « m » pour un « n », un « t » pour un « g », deux infimes modifications. Mais

« aime » avait recouvert « haine », dépossédé du « j'ai » j'obéissais désormais à l'impératif du « tais ». Butant sans cesse contre le mur douloureux dont s'étaient entourés mes parents, je les aimais trop pour tenter d'en franchir les limites, pour écarter les lèvres de cette plaie. J'étais décidé à ne rien savoir.

Longtemps mon frère m'a aidé à surmonter mes peurs. Une pression de sa main sur mon bras, ses doigts qui ébouriffaient mes cheveux et je trouvais la force de franchir les obstacles. Sur les bancs de l'école le contact de son épaule contre la mienne me rassurait et souvent, si l'on m'interrogeait, le murmure de sa voix à mon oreille me soufflait la bonne réponse.

Il affichait la fierté des rebelles qui balayaient les obstacles, des héros de cour de récréation suspendus au vol d'un ballon, des conquérants qui escaladaient les grilles. Je les admirais, le dos collé au mur, incapable de rivaliser avec eux, attendant la cloche libératrice pour retrouver enfin mes cahiers. Je m'étais choisi un frère triomphant. Insurpassable il l'emportait dans toutes les disciplines pendant que je promenais ma fragilité sous le regard de mon père, ignorant l'éclair de déception qui le traversait.

Mes parents, mes bien-aimés, dont chaque muscle avait été poli, comme ces statues qui me troublaient dans les galeries du Louvre. Plongeon de haut vol, gymnastique sportive pour ma mère, lutte, agrès pour mon père, tennis, volley pour tous deux : deux corps faits pour se rencontrer, s'épouser, se reproduire.

J'en étais le fruit, mais avec une jouissance morbide je me plantais devant le miroir pour inventorier mes imperfections : genoux saillants, bassin pointant sous la peau, bras arachnéens. Et je m'effarais de ce trou sous le plexus dans lequel aurait tenu un poing, creusant ma poitrine comme l'empreinte jamais effacée d'un coup.

Cabinets de médecins, dispensaires, hôpitaux. Odeur de désinfectant couvrant à peine l'aigre sueur d'angoisse, atmosphère délétère à laquelle j'ajoutais mon obole, toussant sous le stéthoscope, offrant mon bras à la seringue. Chaque semaine ma mère m'accompagnait dans l'un de ces lieux devenus familiers, m'aidait à me dévêtir pour confier mes symptômes à un spécialiste qui se retirait ensuite avec elle pour une conversation chuchotée. Résigné, assis sur la table d'examen j'attendais le verdict, intervention à prévoir, traitement de longue durée, au mieux vitamines ou inhalations. Des années passées à soigner cette anatomie défaillante. Pendant ce temps, insolemment, mon frère exhibait ses épaules carrées, le hâle de sa peau sous son duvet blond.

Barre fixe, banc de musculation, espaliers, mon père s'entraînait chaque jour dans la pièce de l'appartement transformée en gymnase. Ma mère, si elle y passait moins de temps, s'y livrait cependant à des exercices d'échauffement, guettant, pour y remédier aussitôt, le moindre relâchement.

Tous deux tenaient un commerce de gros, rue du Bourg-l'Abbé, dans ce carré de l'un des plus anciens quartiers de Paris réservé à la bonneterie. La plupart des magasins de sport se fournissaient chez eux en maillots, justaucorps et sous-vêtements. Je m'installais à la caisse, à côté de ma mère, pour accueillir les clients. Parfois j'aidais mon père, trottinant à sa suite dans l'une ou l'autre des réserves pour le regarder soulever sans effort des piles de cartons ornés de photos de sportifs : gymnastes aux anneaux, nageuses, lanceurs de javelot, que je regardais s'empiler sur les rayonnages. Les hommes portaient la coupe courte et légèrement ondulée de mon père, les femmes arboraient la sombre cascade de cheveux de ma mère, retenue par un ruban.

Quelque temps après ma découverte dans la chambre de service, j'avais insisté pour y retourner et cette fois ma mère n'avait pu m'empêcher de redescendre avec le petit chien. Le soir même je l'installais sur mon lit.

Quand il m'arrivait de me brouiller avec mon frère je me réfugiais auprès de mon nouveau compagnon, Sim. Où étais-je allé lui chercher ce nom ? Dans l'odeur poussiéreuse de sa peluche ? Au détour des silences de ma mère, dans la tristesse de mon père ? Sim, Sim ! Je promenais mon chien dans l'appartement et je ne voulais rien savoir du trouble de mes parents, lorsqu'ils m'entendaient l'appeler.

Plus j'avançais en âge, plus mes relations avec mon frère devenaient tendues. Je nous inventais des querelles, je me rebellais contre son autorité. Je tentais de le faire fléchir mais je sortais rarement vainqueur de nos empoignades.

Les années passant, il s'était transformé. De protecteur il était devenu tyrannique, moqueur, parfois méprisant. M'endormant au rythme de sa respiration je continuais cependant de lui confier mes peurs, mes défaites. Il les accueillait sans un mot mais son regard me réduisait à néant, il détaillait mes imperfections, soulevait les draps et étouffait un rire. Alors la colère m'envahissait, je le saisissais à la gorge. Frère ennemi, faux frère, frère d'ombre, retourne à ta nuit ! Mes doigts dans ses yeux j'appuyais de toutes mes forces sur son visage pour l'enfoncer dans les sables mouvants de l'oreiller.

Il riait et tous deux nous roulions sous les couvertures, réinventant les jeux du cirque dans l'ombre de notre chambre. Troublé par son contact j'imaginais la douceur de sa peau.

Mes os se sont étirés, ma maigreur s'est accentuée. Alerté, le médecin de l'école a convoqué mes parents, afin de s'assurer que je mangeais à ma faim. Ils en sont revenus blessés. Je m'en suis voulu de leur faire vivre cette honte mais à mes yeux leur prestige s'en est trouvé renforcé : je haïssais mon corps et mon admiration pour le leur ne connaissait plus de limites. Je découvrais une nouvelle façon de jouir de mon statut de vaincu. Le manque de sommeil creusait chaque jour un peu plus mes joues, l'éclatante santé de mes parents contrastait encore davantage avec mon aspect souffreteux.

Mon visage présentait les cernes bleutés, le teint livide d'un enfant épuisé par les pratiques solitaires. Quand je m'enfermais dans ma chambre, toujours j'emportais avec moi l'image d'un corps, la tiédeur d'une chair. Quand je n'accrochais pas mes membres à ceux de mon frère je célébrais l'éclair qui venait m'éblouir à l'heure de la récréation. Dans la cour de l'école je me réfugiais au bord du carré réservé aux filles. Elles y jouaient à la marelle ou sautaient à la corde, loin des jeux de ballon et des exclamations qui résonnaient sur le territoire des garçons. Assis à proximité de leurs voix claires, sur le sol de ciment, je me laissais bercer par leurs rires et leurs comptines et au moment de leur envol je surprenais sous leurs jupes la blancheur d'une petite culotte.

J'avais pour les corps une curiosité sans limites. Très vite le rempart des vêtements ne m'avait plus rien caché, mes yeux fonctionnaient à l'image de ces lunettes magiques dont j'avais vu la publicité dans un magazine et qui vantait leur pouvoir, le comparant à celui des rayons X. Débarrassés de leurs uniformes de citadins, les passants révélaient leurs trésors comme leurs imperfections. Au premier coup d'œil je repérais une jambe torse, une poitrine haut perchée, un

ventre proéminent. Mon regard exercé pro-
cédait à une véritable moisson d'images,
collection d'anatomies que je feuilletais la
nuit venue.

Rue du Bourg-l'Abbé je profitais de l'agitation des jours de presse pour explorer les
réserves. Le magasin était installé au rez-de-
chaussée d'un immeuble vétuste, un escalier
permettait d'accéder aux chambres d'un
ancien appartement, pièces sombres tapissées
de rayonnages, imprégnées d'une odeur de
carton et d'apprêt. Comme j'aurais parcouru
les étagères d'une bibliothèque à la recher-
che d'un titre je laissais courir mes yeux
sur les étiquettes : maillots, culottes de sport,
collants de gymnastique. Page, demi-patron,
patron, fillette, femme, je comparais les
tailles, m'intéressais aux pointures, chacun de
ces chiffres convoquait une silhouette nouvelle aussitôt revêtue de ces accessoires.
Lorsque j'étais certain de ne pas être dérangé
je soulevais le couvercle des boîtes, le cœur
battant, et me saisissais de leur contenu. J'y
plongeais mon visage puis j'étalais ces pièces
sur le comptoir en pressant mon ventre sur

le rebord de chêne, pour recomposer à ma guise la silhouette d'une gymnaste, d'une basketteuse ou d'un coureur de fond.

Le magasin partageait le rez-de-chaussée de l'immeuble avec le cabinet de Mademoiselle Louise. Son officine occupait deux pièces laquées de blanc : un bureau et une salle de soins, au sol recouvert d'un linoléum. Quelques plantes vertes chlorotiques habillaient une vitrine sur laquelle s'étalaient en lettres d'émail les services offerts : soins à domicile, piqûres, massages. Louise faisait partie de notre famille, je l'avais toujours connue. Les jours calmes elle venait s'accouder à la caisse pour faire la conversation. Régulièrement, sur sa table recouverte d'un drap blanc elle massait mes parents. Une fois par semaine elle m'injectait des vitamines ou m'asseyait face à l'aérosol : deux embouts crachotant dans les narines je restais immobile, plongé dans mes pensées, engourdi par le ronronnement de la machine.

Louise avait dépassé la soixantaine, elle portait sur son visage les stigmates de l'alcool et du tabac, les excès avaient marqué ses yeux soulignés de poches, sa peau blême flottait sur un visage détruit. Seules ses mains énergiques, émergeant des manches de la blouse, semblaient posséder une ossature : deux mains autoritaires, aux ongles courts, aux longs doigts qui se déployaient et s'imposaient lorsqu'elle parlait. Je recherchais sa compagnie, traversant le plus souvent possible l'étroit couloir encombré de cartons pour lui rendre visite. Je passais moins de temps dans le magasin que chez elle, où je pouvais parler sans contrainte. Je la sentais proche de moi, sans doute en raison de sa difformité : elle devait sa démarche cahotante à un pied-bot dissimulé dans une chaussure orthopédique, un boulet de cuir noir qu'elle traînait partout avec elle. Sa silhouette vacillante bousculée par les murs du couloir était à l'image de son visage, un sac de peau que ne soutenait aucune armature. Prédisposée à des crises de rhumatismes qui enflammaient ses articulations, Louise balayait cette douleur sourde d'un mouvement exaspéré de la main. Je comprenais les raisons de son geste : elle détestait son apparence.

J'étais fasciné par ce corps sans squelette qui entretenait une telle intimité avec les nôtres : celui de mes parents, lorsqu'ils venaient déposer leur fatigue sur sa table de massage et le mien, lorsque je lui présentais mes fesses pour qu'elle m'y injecte l'un de ces liquides revitalisants.

Louise disait connaître mes parents depuis leur installation rue du Bourg-l'Abbé. Elle me vantait la beauté de ma mère, l'élégance de mon père, traversée par un frémissement quand elle prononçait leur nom.

Nous avions nos rituels. A chacune de mes visites elle me préparait un chocolat sur le réchaud où elle faisait bouillir ses aiguilles. Je le dégustais à petites gorgées et elle me tenait compagnie, avec un verre de la liqueur ambrée qu'elle cachait dans son armoire à pharmacie. Curieux de sa vie, je lui posais les questions que je ne m'étais jamais permises avec mes parents. Elle se prétendait sans secrets, sa vie était là, dans ce cabinet sombre, elle dispensait ses bons soins aux habitués, les écoutait jour après jour. Le reste avait si peu d'intérêt : elle vivait dans le pavillon de son enfance, elle y était née, y avait grandi. Son horizon se limitait aux deux pièces de son cabinet et à la bâtisse de meulière, entourée de son jardinet de banlieue. Depuis la mort de son père elle y soignait sa mère, répétant le soir pour la vieille femme impotente les gestes qu'elle accomplissait dans la journée.

Certains jours plus propices à la confidence, Louise racontait l'enfance d'une petite fille boiteuse, moquée, vivant dans l'ombre de ses camarades plus agiles. Je m'y reconnaissais. Je voulais en savoir davantage mais très vite, comme à chaque fois qu'elle abordait un sujet pénible, lui venait ce même geste pour écarter la douleur : elle balayait l'air de ses mains et plantait son regard interrogateur dans le mien, attendant mes confidences. Alors je pouvais me laisser aller à lui raconter mes rêves. Ses soupirs ponctuaient mon récit, matérialisés par la fumée de sa cigarette.

Depuis des années elle écoutait mes parents avec la même attention, laissant courir sur eux ces mains énergiques qui les délestaient de leurs soucis : avec leur fatigue, ils abandonnaient chez elle leurs secrets.

II

J'ai longtemps été un petit garçon qui se rêvait une famille idéale. A partir des rares images qu'ils me laissaient entrevoir j'ai imaginé la rencontre de mes parents. Quelques mots lâchés sur leur enfance, des bribes d'informations sur leur jeunesse, sur leur idylle, autant de parcelles sur lesquelles je me suis jeté pour construire mon improbable récit. J'ai dévidé à ma façon l'écheveau de leur vie et, de même que je m'étais inventé un frère, j'ai fabriqué de toutes pièces la rencontre des deux corps dont j'étais né, comme j'aurais écrit un roman.

La pratique du sport, leur passion commune, avait réuni Maxime et Tania : mon histoire ne pouvait commencer que dans le stade où je les accompagnais si souvent.

L'Alsacienne étend ses terrains de sport, sa piscine et ses gymnases en bordure de Marne. On arrive devant sa grille surmontée d'une cigogne métallique après avoir longé les berges parsemées de guinguettes. Le dimanche on se presse vers ces dancings flanqués de restaurants où l'on déguste des assiettes de friture accompagnées d'un petit vin blanc acide. Des garçons en bras de chemise et des filles en robes fleuries s'y enlacent au son de l'accordéon et se dévêtent au plus fort de l'été pour plonger dans l'eau fraîche. L'insouciance des baigneurs et les exclamations des danseurs contrastent avec les souffles et les soupirs des ascètes en maillots blancs, tout à leur discipline, qui affichent leur concentration sur les pelouses du stade.

Maxime est le fleuron de cette troupe, il brille dans le gymnase, terrasse ses adversaires à la lutte gréco-romaine, effectue sans effort la croix de fer aux anneaux. Il a une revanche à prendre : il a commencé à travailler très jeune dans le commerce de bonneterie de son père. Les faibles moyens de Joseph, émigré roumain, ne lui ont pas permis d'assurer à ses trois enfants de longues études. Les deux aînés se sont contentés de leur sort, mariés très jeunes ils répètent sans s'en émouvoir la trajectoire paternelle. Mais Maxime, le cadet, aurait voulu devenir médecin ou avocat, un de ces métiers qui autorisent à faire précéder son nom d'un titre. On l'aurait appelé docteur ou maître, ce qui aurait fait oublier la consonance étrangère de son patronyme. On y flaire le déracinement, on éprouve la tentation d'en rouler les « r », il y flotte des relents de cuisine d'Europe centrale, reliefs trop accusés aux yeux de ce jeune homme aux ambitions de dandy. Amoureux de Paris, il veut s'y fondre, en adopter les modes, s'imprégner du parfum d'insouciance qui y règne.

Préféré de sa mère Caroline, disparue alors qu'il était encore enfant, il aime séduire. Il s'habille avec goût, porte des chemises sur mesure. Il veut briller et le premier achat important qu'il se permet est celui d'une voiture décapotable : chromes et sièges de cuir. Il sillonne Paris, coude à la portière, cheveux au vent, guettant le regard des passantes, ralentissant aux files d'attente des stations de taxis pour proposer à quelque inconnue de l'accompagner. Très tôt il a vu se refléter dans les yeux des jeunes femmes le charme de son visage.

Au hasard de ses promenades automobiles en bord de Marne il a longé les grilles du club. Impressionné par l'ardeur de ces garçons et de ces filles, il s'est aussitôt inscrit et a commencé à pratiquer différentes disciplines pour atteindre son idéal de perfection.

En quelques années la musculation et les agrès lui ont dessiné la stature dont il rêvait : sa carrure d'athlète fait oublier ses origines.

Tania est la seule à percevoir les lignes invisibles qui traversent le stade. Son œil de dessinatrice s'en saisit pour composer des abstractions : rails d'acier, étincelles, tensions et relâchements qu'elle traduit par des gerbes de couleur sur son carnet de croquis.

Elle défile pour des couturiers et le reste du temps croque des silhouettes qu'un journal de mode lui achète. Des femmes de trois quarts, légèrement déhanchées, vêtues d'imprimés, coiffées d'aigrettes. Elle vit rue Berthe, au pied de Montmartre, dans le trois-pièces qui prolonge l'atelier de couture de sa mère. Petite fille elle a passé des heures, assise sur un tabouret, à regarder voleter les mains de cette femme toute en rondeurs, vêtue d'une blouse, chaussée de savates, ces mains d'où jaillissaient des miracles d'élégance. Au contact des créations de sa mère ses dessins d'enfant se sont affinés puis elle a noirci des carnets entiers, inventant des silhouettes épaulées, des tailles marquées. Elle a quitté l'école sitôt après le certificat d'études, la sûreté de son trait ayant attiré l'attention elle s'est s'inscrite dans une école de modélistes.

Les deux femmes vivent seules, Martha taille jour et nuit ses étoffes pour assurer à sa fille une existence confortable. Le père de Tania les a abandonnées. Elle conserve sur sa table de chevet un portrait de lui, l'archet à la main, visage osseux que l'art du photographe a transformé en celui d'un virtuose ténébreux. Il lui a transmis un nom à consonance anglaise, irréprochable. Celui de Martha porte la trace de ses aïeux immigrés, l'accent de la Lituanie, province russe aux contours incertains que Tania situerait difficilement sur une carte.

Violoniste sans emploi André a vécu de cachets de fortune, jouant *Les Yeux noirs* ou *Kalinka* dans les cabarets russes de la capitale, accompagnant des chanteurs de variétés dans des music-halls sans gloire. Dès son plus jeune âge il a tenté de l'initier à son instrument et elle garde de ces leçons un souvenir terrifié. Pour satisfaire l'ambition paternelle elle serait bien devenue l'une de ces fillettes prodiges dont la photo trônait à la une des journaux, mais elle n'est parvenue à tirer de son instrument que d'insupportables stridences, vrillant les tympans de son père, déchaînant sa violence.

Un jour André a quitté la rue Berthe sans prévenir, elles ne l'ont jamais revu. Les dernières nouvelles qui leur sont parvenues, griffonnées au dos de cartes postales, provenaient d'Afrique. Qu'était-il allé faire là-bas ? Tania imaginait son père dans un village de brousse, apprenant le violon à de petits indigènes bien plus doués qu'elle.

De cet abandon lui est restée la nostalgie d'une carrière artistique. Tania se sait belle, mais ni les compliments ni les regards éloquents des passants ne suffisent à la rassurer. Encore écolière, elle a souffert de ne pouvoir briller : en dehors du dessin, seules ses aptitudes physiques ont été remarquées. Une de ses amies qui s'entraînait à l'Alsacienne lui a proposé de l'y accompagner et, très vite, Tania s'y est distinguée.

Maxime a remarqué la beauté de Tania, il veut la conquérir. Tania est elle aussi séduite par ce garçon : elle guette son arrivée, le suit des yeux, parfois se rend au gymnase pour assister à l'un de ses combats. Le spectacle de Maxime en tenue de lutteur, emprisonnant son adversaire dans l'étau de ses jambes, ne la laisse pas indifférente.

Moulée dans un maillot noir, coiffée d'un bonnet blanc qui souligne la pureté de ses traits, Tania est éblouissante. Projetée vers le ciel après quelques rebonds elle fend l'air puis ramassée sur elle-même inscrit ses figures parfaites dans l'espace avant de filer vers la surface qui se referme sur elle sans une éclaboussure. Maxime ne manque jamais de s'installer au pied du plongeoir lorsque l'équipe féminine s'entraîne.

Il aime les conquêtes faciles. Il jette son dévolu sur une cheville fine, sur un décolleté que l'été rend scintillant. Un sourire, un regard un peu appuyé et la jeune proie monte dans sa décapotable. Il l'emmène dîner, charge son regard de promesses. Enflammé dans l'instant, aimanté par un détail il confond le désir avec l'amour et très vite le charme de la rencontre se fane.

Il n'en sera pas de même avec Tania, il le sait. Il décide, contrairement à son habitude, de ne pas se hâter. Son regard exercé repère impitoyablement le point faible d'une anatomie, aussi prometteuse soit-elle. Une jambe sans relief, un pied trop carré, un soupçon de mollesse dans le ventre et aussitôt le charme d'une chute de reins ou d'une poitrine s'étiole. Rien de semblable avec Tania : tout dans ce corps répond à son désir.

Peu à peu, au fil de leurs rencontres, la championne invulnérable lui dévoile sa fragilité et ses doutes. Sous la statue il voit poindre la petite fille. Au bout de quelques semaines il ne peut plus se passer de sa présence. Ils se fréquentent en dehors du club, au volant de sa décapotable il l'emmène découvrir ses coins préférés de la capitale : la Concorde sous la pluie, le charme provincial des quatre réverbères de la place Furstenberg, le marché d'Aligre, le petit cimetière de campagne qui entoure l'église de Charonne.

Au bout de quelques mois ils s'installent dans l'appartement de ce quartier tranquille où je vais naître. L'année suivante ils décident de se marier. Tania cesse de défiler pour les couturiers, elle rejoint Maxime dans le magasin de la rue du Bourg-l'Abbé, et sous leur influence le commerce se spécialise en articles de sport.

Maxime vit toujours dans l'émerveillement de leur rencontre. Tania ressent elle aussi ce sentiment de plénitude mais elle voudrait un enfant. Maxime hésite, il veut profiter seul de Tania quelques années encore. La menace de guerre qui se précise lui fournit un argument de plus : est-il raisonnable d'envisager une naissance dans cette période troublée ?

Paris attend la nouvelle. On le sent à l'effervescence qui agite les rues, aux débats qui animent les alentours des kiosques à journaux. Maxime et Tania travaillent plus durement que jamais, le rythme du magasin s'accélère, comme si la menace d'une catastrophe faisait naître une fièvre de dépenses. Cette atmosphère est perceptible dans l'enceinte du stade, où ils poursuivent leur entraînement. Chacun tente de se dépasser, les rencontres en salle gagnent en intensité, lançant les adversaires dans des joutes plus ardentes, en proie à une soif de vaincre qui s'intensifie.

Ils apprennent l'invasion de la Pologne par les troupes allemandes, la radio émet de fréquents communiqués alarmistes, Maxime et Tania les écoutent, penchés sur le gros poste de noyer, dans le petit bureau aménagé au premier étage du magasin.

A la une des journaux, des placards noirs comme des avis de deuil leur annoncent la déclaration de guerre. Ils éprouvent un sentiment d'irréalité : deux armées, obéissant à des décisions politiques qui leur échappent, élaborées dans de lointains bureaux, vont combattre au nord de la France, le long de frontières impalpables. Ils n'entendront ni déflagrations, ni cris d'agonie. La France, bien à l'abri derrière cette ligne Maginot dont on leur a vanté l'invulnérabilité, remportera rapidement la victoire. Ce qui va se jouer dans la boue et le sang prend à leurs yeux la simple apparence d'une rencontre sportive.

A chaque fois que mes parents abordaient l'époque de la guerre surgissait le nom du village qui les avait accueillis lorsque la pénurie et les menaces de réquisition les avaient amenés à franchir la ligne de démarcation. Ils avaient fermé le magasin, en avaient confié les clefs à Louise, leur voisine et amie fidèle. Elle veillerait à ce que les marchandises ne soient pas pillées en leur absence. Une de ses cousines qui travaillait à la mairie d'une localité de l'Indre leur avait fourni l'adresse d'une famille susceptible de les héberger. Assurés d'y trouver un toit ils avaient quitté Paris pour Saint-Gaultier, dont ils prononçaient le nom avec exaltation. Ils l'associaient à deux années exceptionnelles, souvenir de pur bonheur, parenthèse de sérénité dans la tourmente.

Ils ont trouvé refuge chez un colonel en retraite qui vit en compagnie de sa fille, une demoiselle déjà âgée, ancienne institutrice. Loin des rumeurs de la guerre la bourgade est un îlot de calme. Les angoisses, les privations et le rationnement dont souffrent les grandes villes ne semblent pas l'avoir atteinte. Le colonel entretient de bonnes relations avec les fermiers des environs, qu'il connaît de longue date. Depuis le début des hostilités ceux-ci pratiquent l'abattage clandestin, viande et matières premières ne manquent pas. Les premiers jours de leur installation Maxime et Tania croient rêver en voyant arriver sur la table du colonel des œufs frais, du beurre en motte et des rôtis.

Ils logent dans une chambre sous les combles et partagent la vie calme de leurs hôtes dont les soirées sont rythmées par le timbre d'un cartel. Maxime s'acquitte de sa pension en travaillant dans le parc de la propriété ainsi que dans ceux des demeures voisines, débitant à la hache du bois pour l'hiver, entretenant les plates-bandes et les potagers, Tania propose des cours de gymnastique aux enfants de l'école. Ces activités leur laissent

le loisir d'explorer la région, parcourant à
vélo les routes pentues qui montent à l'assaut
des collines avoisinantes. Lorsque le soleil le
permet Tania traverse la Creuse à la nage,
parfois elle escalade la pile d'un pont en ruine
sur lequel vient se briser le courant et plonge
dans les eaux fraîches de la rivière. Assis sur
l'herbe de la berge, Maxime contemple sa
silhouette nimbée de soleil.

Le soir, après avoir tenu compagnie au
colonel et à sa fille, Maxime et Tania sortent
de la propriété au moment où la ville s'en-
dort, ils se promènent dans l'ombre des
berges et s'embrassent comme de jeunes
amoureux, appuyés aux murs de pierre
encore tièdes qui longent le chemin. Le cla-
potis de la rivière renforce la quiétude des
lieux, la lune baigne de sa lueur fantomatique
les remparts qui les dominent : comment
imaginer le hurlement des sirènes arrachant
à leur sommeil des familles apeurées ?
Comment se figurer l'angoisse de femmes et
d'enfants serrés les uns contre les autres dans
la pénombre de caves qui pourraient devenir
leur tombeau ?

Quand la fraîcheur de la nuit tombe sur

leurs épaules ils rentrent, serrés l'un contre l'autre, gravissent l'escalier en évitant d'en faire craquer le chêne et s'aiment en silence dans le lit étroit, enlacés jusqu'à l'aube.

Je me suis si longtemps cru le premier, le seul. J'aurais aimé naître des amours de mes parents à Saint-Gaultier, au retour de leurs promenades nocturnes, dans leur petite chambre sous les toits. Moins éprouvés que d'autres par la guerre, les humiliations et les crimes des envahisseurs, ils comparaient ce séjour à une période de grandes vacances. J'imaginais qu'un aiguilleur bienveillant avait détourné de Saint-Gaultier le long convoi de deuils, de souffrances, d'abominations, et que sa sinistre cargaison n'avait pas transité par les rues paisibles de la petite localité. La guerre, réduite aux informations diffusées par les voix nasillardes des chroniqueurs, n'avait déployé ses horreurs que dans les postes de T.S.F. et les images d'épouvante étaient restées bien à l'abri sous les couvertures des manuels d'histoire.

De retour à Paris, Maxime et Tania ont retrouvé le magasin intact mais constaté avec dépit l'opulence des commerçants voisins. Ceux qui n'ont pas été obligés de fuir ont bâti de véritables fortunes, profitant de la rareté de la concurrence et de l'extraordinaire hausse des prix. Louise les a attendus, elle a veillé sur leurs biens comme s'il s'était agi des siens. Elle a survécu aux épreuves, aux humiliations.

Les premières années d'après-guerre se révèlent moins confortables que celles de leur retraite de l'Indre : l'approvisionnement est difficile, la marchandise leur parvient au compte-gouttes, il faut laisser aux industries le temps de se remettre en route. Les métiers à tisser de la vallée de l'Aube tournent jour et nuit, les usines peinent à honorer leurs carnets de commandes. La nourriture n'encombre pas leur table, les tickets de rationnement sont encore en vigueur. Maxime et Tania reprennent cependant leurs habitudes, la clientèle se presse de nouveau dans le magasin et tous deux retrouvent le chemin des bords de Marne pour se consacrer comme autrefois à leur entraînement.

Quelques années plus tard, les blessures du pays paraissent cicatrisées. Tania insiste de nouveau auprès de Maxime, elle désire cet enfant depuis si longtemps. Mais il se montre encore réticent. Leur vie à deux lui apporte tant de joies, son désir pour Tania ne souffre d'aucune lassitude et les mêmes hésitations qu'auparavant le font reculer : il ne veut pas partager sa femme. Plus tard il dira en souriant, parlant de ma conception, que cet enfant lui a échappé.

Lorsque enfin ma venue s'annonce, Tania voit avec bonheur son ventre s'arrondir, mais dès l'accouchement les choses se compliquent. On en est à parler de forceps, voire de césarienne. Enfin le résultat de l'union des deux athlètes est là, recueilli dans un linge : bien différent de celui dont ils ont rêvé, c'est un enfant fragile qu'il faut arracher à la mort.

J'ai survécu, grâce aux bons soins des médecins et à l'amour de ma mère. Mon père m'a aimé aussi, je veux le croire, surmontant sa déception, trouvant dans les soins, l'inquiétude, la protection, de quoi nourrir ses sentiments. Mais son premier regard a laissé sur moi sa trace et régulièrement j'en ai retrouvé l'éclair d'amertume.

III

Chaque début d'année je me fixais le même objectif : attirer l'attention de mes maîtres, devenir leur préféré, monter sur l'une des trois marches du podium. De cette seule compétition je pouvais prétendre être le vainqueur. Là était mon domaine, à mon frère j'avais abandonné le reste du monde : lui seul pouvait le conquérir.

Le parfum des livres neufs me grisait, je me soûlais aux amandes de la colle en pot, au cuir de mon cartable lorsque j'y enfouissais mon visage. Les cahiers s'accumulaient dans les tiroirs de mon bureau, je ne les relisais jamais. La vigueur qui me faisait défaut lors des activités physiques se portait à incandescence lorsque, un stylo à la main, je remplissais des pages entières de récits de mon invention. Parfois ils me concernaient de près, sagas familiales, chroniques parentales, parfois ils s'égaraient en contes abominables semés de tortures, de morts et de retrouvailles, jeux du cirque, récits trempés de larmes.

Les années passaient et je franchissais un à un, sans difficulté, les obstacles de chaque classe. A l'école comme en famille j'étais un enfant modèle. Ma mère m'emmenait chaque semaine au Louvre, mon père me faisait partager sa passion pour Paris que je parcourais avec lui à la découverte de lieux inconnus des touristes. Mon univers se restreignait à notre trio, le dimanche mes parents retrouvaient leurs amis sportifs, pour des tournois de volley ou de tennis. Assis dans l'herbe avec mon cahier et mon stylo, je dévorais des yeux ces corps qui bondissaient, luisants de sueur sous le soleil, j'enrichissais ma collection d'images. Je ne me mêlais jamais aux jeux des autres enfants qui déjà suivaient les traces de leurs parents, je laissais mon frère les rejoindre et leur disputer le ballon, triompher sur les pistes et les courts libérés par les adultes.

Joseph, mon grand-père paternel, sonnait chaque mardi à notre porte, avec dans son cabas un bocal de cornichons Malossol ou une boîte de loukoums. Parfois il m'apportait des mendiants, petits emballages de carton remplis de fruits secs et d'amandes, à l'intérieur desquels je trouvais une devinette : dans l'image d'Epinal il fallait retrouver le loup au milieu d'un fouillis de branches, le visage de la fermière dans les fissures d'un mur. De sa voix presque éteinte il me détaillait ses souvenirs sépia. Intarissable sur le Paris de la Belle Epoque il restait muet sur sa jeunesse. Il n'avait jamais rien dit de sa décision de quitter son pays natal, il avait tourné la page sur ces années, laissant dans la banlieue de Bucarest le souvenir d'une famille dont il prétendait n'avoir plus jamais reçu de nouvelles.

Le dimanche soir la table était mise chez Georges et Esther. Réfugié dans le silence, mon oncle pensait que tout était vain en dehors de la sagesse contemplative. Ma tante, petite femme rousse à la bouche large et aux yeux verts, avait gardé l'habitude de souligner son regard de tragédienne d'un épais trait de crayon. Elle animait ces dîners de son bavardage incessant. Du temps de sa splendeur elle avait dû ressembler à Sarah Bernhardt, elle en avait gardé le sens de la mise en scène et s'évanouissait les jours de marché quand la foule la serrait de trop près. Ayant perdu depuis longtemps l'espoir d'un dialogue possible avec son mari elle se rattrapait le dimanche soir avec sa belle-famille qu'elle régalait de ses anecdotes. Le reste du temps elle fumait cigarette sur cigarette, attendant la clientèle dans leur boutique de nouveautés, près du métro Charonne.

Ma tante Elise et son mari Marcel vendaient des vêtements professionnels, bleus de travail, chemises de laine à gros carreaux, blouses anthracite, au cœur de la banlieue ouvrière de Malakoff. Elise lisait beaucoup, citait grands auteurs et poètes et défendait farouchement ses opinions marxistes au cours du repas familial hebdomadaire.

Je passais parfois de courtes périodes de vacances dans la proche banlieue où vivait Martha. Ronde, gourmande, empressée à me satisfaire, ses yeux pétillaient derrière les verres épais de ses lunettes. Longtemps j'ai imaginé sa rue habitée par toutes les grand-mères des enfants de la capitale. Elles y préparaient les mêmes douceurs pour fêter leur venue, portaient la même blouse et arboraient toutes cette jolie coiffure mousseuse.

Louise restait ma préférée, elle qui ne faisait pas partie de notre famille. Peut-être avais-je senti que notre complicité était plus profonde qu'avec ceux de mon sang. Aussi affectueux fussent-ils, une impalpable barrière laissait à bonne distance de moi oncles, tantes, grands-parents, interdisant les questions, repoussant toute confidence. Une société secrète, liée par un deuil impossible.

Au cours de nos après-midi dans la pénombre de son cabinet Louise me détaillait les réalités d'une guerre qui avait pris fin quelques années avant ma naissance. Elle était intarissable : personne ne devait oublier les angoisses, les humiliations des persécutés. Longtemps elle m'a caché les avoir connues elle aussi. Jusqu'à mes quinze ans Louise a respecté le secret dont mes parents m'avaient entouré, secret dont elle faisait partie. Peut-être guettait-elle un signe avant de m'en dire davantage. Un mot, une allusion de ma part qui lui permettrait d'entrouvrir la porte.

Un soir la télévision a diffusé un film sur cette période et mon père s'est retiré dans son gymnase, incapable d'en supporter le spectacle. Le choc de ses haltères, les sifflements de sa respiration ont couvert les ordres aboyés dans une langue qu'il ne pouvait plus entendre. Je suis resté seul avec ma mère sur le canapé du salon. Plus muette que jamais à qui pensait-elle ? Sans un mot nous avons assisté à cette fiction en noir et blanc : décors reconstitués en studio, comédiens en uniforme, figurants massés dans des enclos. Fasciné par le spectacle de ces corps dévêtus serrés les uns contre les autres, je n'ai pu détacher mes yeux de ces femmes qui protégeaient leur poitrine, de ces hommes les mains en coquille sur leur sexe, avançant dans le froid en file indienne pour se rendre au bâtiment des douches. Les premières nudités qu'il m'était donné d'apercevoir à l'écran, taches pâles qui se détachaient sur le fond gris des baraquements. Sachant trop bien ce que j'allais en faire une fois seul dans ma chambre, j'ai attardé mon regard sur ces chairs déjà profanées.

J'avais quitté le primaire, je fréquentais le collège de mon quartier. Je me faisais un devoir de me maintenir en tête du peloton et je franchissais la ligne d'arrivée dans les premiers. Dispensé de sport pour raisons médicales je passais l'heure de gymnastique dans la salle de permanence, plongé dans mes livres. Par la fenêtre je voyais les autres s'empoigner, chercher à s'emparer du ballon qui se faufilait entre leurs jambes, j'entendais leurs cris, leurs vivats qui saluaient un but. Aussi robustes que mon frère, aussi impitoyables, ils terrassaient leurs adversaires pendant que je penchais ma poitrine creuse sur la table de travail.

Les jours défilaient, tous semblables, les nuits se succédaient, j'y déployais mon théâtre d'ombres. Une existence parfaitement réglée, jusqu'à l'événement qui allait en marquer le tournant.

Mon corps s'était allongé, je cachais mes jambes et mon torse étroit dans des vêtements amples. La veille au soir j'avais soufflé mes quinze bougies. Bientôt on fêterait un autre anniversaire, celui de la victoire de 45. Le proviseur, qui avait décidé de projeter aux élèves un documentaire, nous avait réunis dans l'obscurité d'une salle de classe face à un drap tendu sur le tableau noir. Je m'étais retrouvé assis à côté du capitaine de l'équipe de football, un garçon râblé, chahuteur, aux cheveux taillés en brosse, qui ne m'avait jamais adressé la parole.

La projection commença : pour la première fois je vis les montagnes. Ces terribles montagnes dont je n'avais lu que des descriptions. Les bobines tournaient, dévidant leur pellicule, on n'entendait que le ronronnement du projecteur. Des terrils de chaussures, de vêtements, des pyramides de cheveux et de membres. Ni figurants, ni décors, contrairement à ce film que ma mère et moi avions regardé en silence. Je serais bien allé m'enfermer pour échapper à ces images. L'une d'entre elles m'a rivé à mon siège : celle d'une femme qu'un soldat en uniforme tirait par un pied pour la précipiter dans une fosse déjà comble. Ce corps désarticulé avait été une femme. Une femme qui avait couru les magasins, contemplé dans un miroir la ligne élégante de sa nouvelle robe, une femme qui avait remis en place une mèche échappée de son chignon : elle n'était plus que cette poupée disloquée, traînée comme un sac et dont le dos rebondissait sur les cailloux d'un sentier.

La vision était trop forte, l'obscénité trop violente pour que je pense emporter cette image dans ma chambre. Je n'avais pourtant pas hésité certains soirs à en convoquer d'autres, comme après la fiction télévisée, lorsque j'avais fait mon choix dans la file des corps dénudés, désignant celui que je soumettrais à mon désir.

Mon voisin le capitaine d'équipe s'était agité sur le banc dès le début de la projection, profitant de l'obscurité il avait proféré à mi-voix quelques grossièretés qui avaient déclenché l'hilarité de la classe. Il étouffa un rire à la vue de ce corps obscène qui à chaque secousse ouvrait ses cuisses sur un triangle noir. Il me poussa du coude et je m'entendis rire moi aussi, pour lui plaire. J'aurais aimé trouver quelque chose de drôle à dire, pour l'amuser. Il a imité l'accent allemand, il a dit : « Ach ! Chiens de juifs ! » et j'ai ri encore une fois, plus fort. J'ai ri parce qu'il m'avait poussé du coude, parce que c'était la première fois que l'un de ces corps glorieux recherchait la complicité du mien. J'ai ri jusqu'à la nausée. Soudain mon estomac s'est retourné, j'ai cru que j'allais vomir et sans prendre le temps de réfléchir je l'ai frappé violemment au visage. Il a eu un moment de stupeur, j'ai juste eu le temps de voir la femme en noir et blanc se refléter dans ses yeux écarquillés avant qu'il ne se jette sur moi pour me bourrer de coups. Nous avons roulé sous la table, je n'étais plus moi-même, pour la première fois je n'éprouvais aucune crainte, je n'avais pas peur que son poing vienne se loger dans le creux de mon plexus. Ma nausée avait disparu, je l'ai attrapé par les cheveux pour lui cogner la tête contre le sol, j'ai enfoncé mes doigts dans ses yeux, j'ai craché dans sa bouche. Je n'étais plus au collège, je luttais comme j'avais l'habitude de le faire chaque nuit, avec la même excitation, mais, contrairement à mon frère, mon adversaire n'allait pas prendre l'avantage. Je savais que j'allais le tuer, j'allais vraiment faire disparaître son visage dans le sable.

Alerté par nos cris le surveillant interrompit la projection et ralluma les lumières. Aidé de quelques élèves il nous sépara : je ne voyais plus que d'un œil, un liquide chaud coulait sur ma joue, on m'emmena à l'infirmerie. Je quittai la salle sous les insultes de mon voisin, il avait le visage en sang. J'avais tout de même réussi à lui endommager sérieusement le nez, victoire qui me valut durant quelques semaines la considération de ma classe.

Je gardai de cet épisode un pansement sur l'arcade sourcilière promené dans les couloirs du collège avec fierté. Mais cette blessure m'apporta bien davantage qu'une gloire éphémère, elle fut le signe que Louise attendait.

Dès le lendemain, rue du Bourg-l'Abbé, je racontais tout à ma vieille amie. A mes parents, j'avais servi une version qui m'évitait d'évoquer le documentaire : une bagarre dans la cour de récréation suite à un stylo volé, celui que j'avais reçu la veille en cadeau d'anniversaire. J'ai surpris une lueur d'étonnement dans l'œil de mon père, mêlée d'un rien de satisfaction : son fils serait donc capable de se battre ?

A Louise j'ai dit la vérité, à elle seule je pouvais la dire. Je lui ai raconté la projection, je lui ai parlé des montagnes, je lui ai décrit la femme de caoutchouc, je lui ai dit comment j'avais lavé l'injure qui lui avait été faite. Mais je ne lui ai pas parlé de mon rire. J'ai avancé dans mon récit et soudain, submergé par l'émotion, j'ai pleuré devant Louise comme je ne l'avais jamais fait devant personne. Son visage s'est défait, elle m'a saisi dans ses bras et je me suis laissé aller, ma joue contre sa blouse de nylon. Bientôt j'ai senti des larmes mouiller mon front, surpris j'ai relevé la tête : Louise pleurait elle aussi, sans retenue. Elle m'a écarté d'elle pour me regarder, comme si elle s'interrogeait sur une décision à prendre, puis elle a souri et m'a parlé.

Le lendemain de mes quinze ans, j'apprenais enfin ce que j'avais toujours su. J'aurais pu moi aussi coudre l'insigne à ma poitrine, comme ma vieille amie, fuir les persécutions, comme mes parents, mes chères statues. Comme tous ceux de ma famille. Comme leurs semblables, ces voisins, ces inconnus, dénoncés par la dernière syllabe de leurs noms en sky, en thal ou en stein. Je découvrais tous ceux qui me l'avaient dissimulé marqués par cet adjectif si encombrant, si coupable. Louise ne me parlait plus de la foule anonyme des victimes, mais d'elle, de son corps torturé, marqué durant la guerre par une nouvelle singularité : cet insigne, lourd au point d'accentuer sa démarche cahotante. Elle me disait les phrases qui l'avaient giflée, les panneaux humiliants, les portes fermées, les sièges interdits. Sa surprise, le port de l'étoile devenu obligatoire, lorsqu'elle avait découvert la véritable identité de certains de ses voisins. L'épicier du coin de la rue, au nom si français. Le couple de retraités du pavillon d'à côté, le médecin du quartier, de même que le si désagréable pharmacien, qu'elle pensait antisémite. La tache jaune les désignait au regard des autres mais leur permettait aussi de se reconnaître, soudant une communauté qui, à force de se dissimuler, s'était parfois ignorée.

J'avais quinze ans et cette nouvelle donne changeait le fil de mon récit. Qu'allais-je faire de cet adjectif, collé à ma silhouette décharnée, semblable à celles que j'avais vues flotter dans des pyjamas trop grands ? Et comment allais-je l'écrire sur mes cahiers, avec ou sans majuscule ? Un qualificatif venait s'ajouter à ma liste : je n'étais plus seulement faible, incapable ou inapte. A peine la nouvelle venait-elle de tomber des lèvres de Louise que déjà cette identité me transformait. Toujours le même j'étais devenu un autre, curieusement plus fort.

Ce n'étaient donc ni les privations, ni les réquisitions qui avaient poussé mes parents à tout abandonner pour se réfugier dans l'autre moitié de la France. Louise était-elle restée rue du Bourg-l'Abbé, comme ils l'avaient prétendu, à surveiller le magasin, ou faisait-elle partie du voyage ? Ce séjour dans l'Indre avait-il vraiment été le paradis qu'ils m'avaient décrit ? J'avais tant de questions à poser, qui n'avaient encore jamais franchi mes lèvres.

Louise vacillait. Elle en avait trop dit mais ne pouvait en rester là. Elle me devait la vérité. Elle allait se défaire de son serment, trahir pour la première fois la confiance de mes parents. Elle m'aimait assez pour cela, elle qui n'avait jamais eu d'enfant ni, à l'en croire, de véritable amour dans sa vie. La vieille demoiselle allait se faire un devoir de rompre le silence pour celui qui lui ressemblait, marqué comme elle par sa différence. Et je n'imaginerais plus être le premier, le seul.

Plus Louise avançait dans son aveu, plus mes certitudes se défaisaient. Une trop forte émotion de ma part l'aurait freinée dans son élan, aussi je l'écoutais intensément, les yeux secs, maîtrisant mes réactions. L'histoire de mes parents, que j'avais voulue limpide dans mon premier récit, devenait sinueuse. Je parcourais leur chemin en aveugle, exode qui m'éloignait de ceux que j'aimais pour me conduire vers des visages inconnus. Le long d'une route peuplée de murmures, je distinguais maintenant des corps, allongés sur le bas-côté.

Trois morts surgirent de l'ombre, dont j'entendis les noms pour la première fois : Robert, Hannah et Simon. Robert, le mari de Tania. Simon, le fils de Maxime et d'Hannah. J'ai entendu Louise dire « le mari de

Tania », « le fils de Maxime » et je n'ai rien ressenti. J'ai appris que mon père et ma mère, avant de devenir mari et femme, étaient beau-frère et belle-sœur et je n'ai pas réagi. En équilibre sur le fil que Louise venait de tendre, les mains serrées sur le balancier, j'ai regardé loin devant moi, l'œil fixé sur la fin de son récit.

Louise venait enfin de prononcer le nom de Simon. Il faisait sa première apparition officielle, après s'être glissé dans toutes ces images, lutteurs anonymes, garçons brutaux, tyrans de cour de récréation. Le frère que je m'étais inventé, celui qui avait rompu ma solitude, ce grand frère fantôme avait donc existé. Louise l'avait connu, aimé. Avant d'être le mien, Joseph avait été son grand-père, Georges, Esther, André, Elise, sa famille proche. Avant de devenir ma mère, Tania avait été sa tante. Comment l'appelait-il, quels gestes avait-elle pour lui ?

Après m'avoir décrit ces lieux interdits, ces panneaux infamants, ces étoiles brodées des quatre lettres qui me désignaient aujourd'hui, Louise voulait me dire encore une chose, la plus douloureuse, mais sa voix s'est étranglée.

J'allais bientôt devoir traverser le couloir, retrouver l'agitation du magasin. Je n'étais plus le même et ceux que j'allais rejoindre, à quelques mètres du cabinet de Louise, s'étaient transformés eux aussi. Derrière les masques qui venaient de tomber demeuraient deux souffrances insoupçonnables. Alertés par ma pâleur, mes parents se sont inquiétés, je les ai rassurés d'un sourire. Je les ai observés, ils n'avaient pas changé. Le silence allait persister et je n'imaginais pas ce qui pourrait me décider à le rompre. A mon tour je cherchais à les protéger.

Les semaines suivantes j'allais multiplier mes rendez-vous avec Louise, poursuivre mon enquête. Mon amie ouvrait un à un de nouveaux chapitres : ces événements dont j'avais appris les détails dans mon livre d'histoire, l'Occupation, Vichy, le sort des juifs, la ligne de démarcation, ne se réduisaient plus aux titres en gras d'un manuel scolaire, ils s'animaient soudain, photos en noir et blanc qui retrouvaient leurs couleurs. Mes parents les avaient traversés, ils en avaient été marqués bien davantage que je ne l'avais cru.

Hannah surgissait de la nuit, première épouse de Maxime, avec ses yeux pâles, son teint de porcelaine. Mère inquiète et tendre, veillant sur son fils unique. Plus mère que femme, dirait Louise pour excuser Maxime, pour ne pas accabler Tania.

J'apprenais à connaître Simon : fierté de son père, cœur de sa mère, graine de champion aux muscles déliés, conquérant dès son plus jeune âge. Et lorsque la voix de Louise se brisait, je restais insensible : je ne parvenais pas à m'apitoyer. Ce qu'elle me disait de Simon provoquait en moi une colère sourde dont je me sentais déjà coupable. J'essayais de me figurer sa détresse, son corps devenu semblable au mien grelottant sous l'étoffe grossière, ses côtes saillantes, son enfance réduite à cette poignée de cendres soufflée par le vent de Pologne. Mais je ressentais la morsure d'une jalousie féroce lorsque Louise évoquait les traits, le corps si bien dessiné du double parfait de Maxime, couvé par le regard admiratif de son père.

Après avoir vécu toutes ces années sous l'ombre d'un frère, je découvrais celui que mes parents m'avaient caché. Et je ne l'aimais pas. Louise m'avait brossé le portrait d'un enfant séducteur, sûr de sa force, semblable en tous points à celui qui m'écrasait chaque jour. Et cette image, conscient de l'horreur de mon désir, j'aurais voulu la livrer aux flammes

Aussi longtemps que possible, j'avais retardé le moment de savoir : je m'écorchais aux barbelés d'un enclos de silence. Pour l'éviter je m'étais inventé un frère, faute de pouvoir reconnaître celui qui s'était à jamais imprimé dans l'œil taciturne de mon père Grâce à Louise j'apprenais qu'il avait un visage, celui du petit garçon que l'on m'avait caché et qui ne cessait de me hanter. Blessés à jamais de l'avoir abandonné à son sort, coupables d'avoir construit leur bonheur sur sa disparition, mes parents l'avaient maintenu dans l'ombre. Je ployais sous la honte dont j'avais hérité, comme sous ce corps qui avait exercé la nuit sa tyrannie sur le mien.

J'ignorais qu'au-delà de mon torse étroit, de mes jambes grêles, c'était lui que mon père contemplait. Il voyait ce fils, son projet de statuaire, son rêve interrompu. A ma naissance, c'était Simon que l'on avait déposé encore une fois dans ses bras, le rêve d'un enfant qu'il allait former à son image. Ce n'était pas moi, balbutiement de vie, brouillon dont n'émergeait aucun trait reconnaissable. Avait-il pu dissimuler sa déception aux yeux de ma mère, avait-il pu s'arracher un sourire attendri en me contemplant ?

Tous mes proches savaient, tous avaient connu Simon, l'avaient aimé. Tous avaient en mémoire sa vigueur, son autorité. Et tous me l'avaient tu. A leur tour, sans le vouloir, ils l'avaient rayé de la liste des morts comme de celle des vivants, répétant par amour le geste de ses assassins. On ne pouvait lire son nom sur aucune pierre, il n'était plus prononcé par personne, pas plus que celui d'Hannah, sa mère. Simon et Hannah, effacés à deux reprises : par la haine de leurs persécuteurs et par l'amour de leurs proches. Aspirés par ce vide dont je n'aurais pu m'approcher sans risquer le naufrage Un silence rayonnant, soleil noir qui ne s'était pas contenté d'absorber son existence mais avait aussi recouvert toute trace de nos origines.

Simon. J'étais sûr que j'avais marché moins tôt que lui, prononcé mes premiers mots des mois après les siens. Comment aurais-je pu me mesurer à lui ? Troublé par le plaisir que je retirais de cette défaite, j'en cultivais la satisfaction morbide : je capitulais devant mon frère, mon ventre contre le matelas, son pied sur ma nuque.

Et c'est Louise qui m'avait fait le rencontrer. Il fallait bien qu'un jour ou l'autre son fantôme apparût dans cette brèche, qu'il surgît de ces confidences. Ma découverte du petit chien de peluche l'avait arraché à sa nuit et il était venu hanter mon enfance. Sans ma vieille amie, peut-être n'aurais-je jamais su. Sans doute aurais-je continué à partager mon lit avec celui qui m'imposait sa force, ignorant que c'était avec Simon que je luttais, enroulant mes jambes aux siennes, mêlant mon souffle au sien et finissant toujours vaincu. Je ne pouvais pas savoir qu'on ne gagne jamais contre un mort.

IV

J'ai ajouté de nouvelles pages à mon récit, nourries par les révélations de Louise. Une seconde histoire est née, dont mon imagination a rempli les blancs, une histoire qui ne pouvait cependant effacer la première. Les deux romans cohabiteraient, tapis au fond de ma mémoire, chacun éclairant à sa façon Maxime et Tania, mes parents, que je venais de découvrir.

Maxime épouse Hannah un beau jour d'été, sous un ciel sans menaces. Après avoir signé le registre de la mairie ils se rendent à la synagogue. Joseph est ravi d'assister à l'union du dernier de ses trois enfants. Les parents de la mariée sont présents eux aussi, accompagnés de Robert, le frère d'Hannah, et de son épouse, Tania. Ils ont enfin rencontré leur beau-frère Maxime, dont Hannah avait tant de fois fait l'éloge dans ses lettres. Dès le lendemain ils reprendront la route pour Lyon.

Les parents de la mariée ont réservé pour le déjeuner l'arrière-salle d'une brasserie de la République. Les plats se sont succédé jusqu'à ce que les convives éprouvent le besoin de secouer leur torpeur. On a loué les services d'un trio de musiciens, violons et accordéon réveillent l'assemblée. Sur le parquet ciré les costumes sombres des hommes enlacent les robes fleuries des femmes, on oublie la chaleur et l'on s'envole au rythme de l'orchestre. Mazel Tov ! Tout le monde félicite le jeune couple, on brise des verres, on fait des moulinets avec les serviettes, les plus vigoureux des hommes portent le marié en triomphe sur un siège.

Maxime aurait aimé se dispenser de ces manifestations traditionnelles, mais il s'y prête de bonne grâce. Il a cédé à l'insistance de sa belle-famille et a accepté le mariage religieux. Dès son adolescence, il s'est employé à faire oublier ses origines et n'apprécie guère qu'on les lui rappelle. Il s'efforce de participer, sourit à tous, se prête au cérémonial par respect pour sa jeune femme et sa famille. Depuis sa bar-mitsva, passage obligé qu'il n'a pu refuser à Joseph, il a toujours évité de se joindre aux réjouissances des fêtes. Le seul culte auquel il ait sacrifié est celui de son corps, il y a consacré tout son temps libre, ne s'imaginant pas le vendredi soir à la lueur des chandelles, priant et partageant le repas traditionnel du shabbat avec les siens.

Il atteint la trentaine, son mariage, espère-t-il, marquera la fin de sa quête éperdue de rencontres. Conquêtes faciles, chairs consommées dans la nuit dont le charme se rompt dès le petit matin. La grâce et la fragilité d'Hannah l'ont séduit, la situation prospère de sa belle-famille n'a pas été pour rien dans sa décision. Il a épuisé ses plaisirs de célibataire et ressent pour la première fois le désir d'être père.

Les parents d'Hannah sortent de leur voiture, ils ouvrent la portière à la jeune mariée
qui fait son apparition devant la mairie, un
voile transparent sur les cheveux, un bouquet
de fleurs fraîches dans les bras. Maxime
s'avance pour l'accueillir, son haut-de-forme
à la main. Elle le regarde. Son émotion est
perceptible à la pâleur de ses joues, au léger
tremblement de ses mains. D'autres voitures
se sont garées à proximité, les invités en sortent, des hommes en costume, des femmes
en robe claire ou en tailleur.

Maxime guette l'arrivée de Robert et de
son épouse, Tania. Hannah lui a souvent
parlé de son frère, le jeune homme au sourire insolent. Elle lui a aussi avoué son admiration pour sa belle-sœur, athlète accomplie,
nageuse émérite et plongeuse de haut vol.

Ils arrivent : Robert est tel qu'Hannah le

lui avait décrit, cheveux courts et ondulés, un éclair rieur dans les yeux, mais Tania est la plus belle femme que Maxime ait jamais vue. Longue et fine silhouette vêtue d'une robe fleurie, une cascade de cheveux noirs retenue par un fin ruban et un sourire radieux.

Sa poitrine se déchire, une telle beauté lui est douloureuse, loin d'éclairer la fête elle vient l'assombrir : l'éclat de cette femme lui brise le cœur. C'est le jour de son mariage, celui où il unit son destin à Hannah et il est foudroyé par cet éclair d'été. Il cherche le regard de celle qui va devenir son épouse et la conduit vers la mairie. Bouleversé par Tania, il tente de se rassurer : le séducteur qui sommeille en lui se manifeste sans doute une dernière fois. Quelques mois auparavant son désir aurait balayé tous les obstacles, il aurait tout entrepris, tout détruit s'il le fallait pour que cette beauté soit à lui.

Dans la salle des mariages, familles et invités sont rassemblés derrière le jeune couple, foule bruissante d'où s'échappent des rires, des sanglots étouffés. Maxime et Hannah échangent leurs alliances et s'embrassent sous les applaudissements. Ils s'approchent de la table pour apposer leurs signatures sur le registre.

Maxime traverse ces instants dans un brouillard. Il tourne la tête vers l'assemblée, pour sourire à tous. Il ne devrait pas rechercher ce visage, sachant qu'une fois encore il en sera ébloui. Tania est assise à côté de son mari, la tête inclinée. Il fixe quelques secondes celle dont la vision a tout balayé. Un simple regard, une intention à peine perceptible, aux conséquences incalculables. Et si ce regard était surpris ? Mais les invités, tout à leur émotion, se sourient et parlent entre eux. Alors il ne voit plus que Tania, quitte la cérémonie, oublie sa famille, ses invités. Il fixe la jeune femme jusqu'à ce qu'elle entende enfin son appel muet et relève la tête. Ses boucles noires glissent sur sa robe, s'ouvrent comme un rideau sur ses yeux. Il soutient son regard, une seconde de trop. Puis il se détourne pour signer à son tour le registre. Il ne veut pas penser à l'injure qu'il fait à Hannah, ainsi qu'à tous ceux qui sont venus les honorer.

Un peu plus tard, pendant que le timbre grave du cantor résonne sous les voûtes de la synagogue, il lève les yeux vers le balcon où se sont installées les femmes, Tania est au premier rang, paupières baissées. La jeune femme a sans doute oublié son premier regard. Mais il la fixe une fois encore. Elle ouvre les yeux, traversée par le même éclair de surprise.

Plus rien n'a d'importance, l'absurdité de son comportement rend son hommage plus brûlant. Tout se joue dans l'instant : Tania est la plus belle femme qu'il ait jamais rencontrée, il ne peut la laisser s'échapper sans le lui avoir fait savoir, par ce regard appuyé.

Au restaurant, suffisamment éloigné d'elle, Maxime aura le temps de se ressaisir. Il fera honneur à chaque plat, bavardera gaiement avec ses voisins de table. Il dansera avec Hannah, avec sa belle-mère, invitera la plupart des femmes de l'assemblée, mais il évitera la proximité de Tania, le contact de son corps sous le tissu léger de la robe, le parfum de sa nuque, la caresse de ses cheveux. Lorsque enfin les invités se sépareront, il ressentira un véritable soulagement : Tania et son mari repartent pour Lyon, il ne sait quand il les reverra. La vision de sa belle-sœur a failli gâcher son mariage, Hannah et lui vont partager leur première nuit, aucune autre pensée ne doit le traverser.

Plus tard, serrant dans ses bras le corps de sa jeune femme, Maxime se fera violence pour ne pas saisir dans ses mains les boucles de Tania, pour ne pas mordre sa bouche.

Maxime et Hannah sont mari et femme depuis quelques mois. De temps à autre Maxime pense à Tania, qu'il n'a pas revue depuis le jour de son mariage, mais Hannah suffit à remplir sa vie. Il travaille dans le magasin de son père, sa femme l'y rejoint le lundi, jour d'affluence où les détaillants viennent se fournir, le reste du temps elle regarde son ventre s'arrondir. L'enfant qu'ils désirent sera là au printemps. Ils vivent dans un petit appartement de l'avenue Gambetta, dont le balcon surplombe le Père-Lachaise. Chaque dimanche Hannah accompagne Maxime au stade, elle se montre une partenaire honorable au tennis, le reste du temps elle s'installe sur la pelouse, pour tricoter ou lire à l'ombre des grands arbres.

Simon vient au monde au début du printemps, vigoureux, hurlant à pleins poumons.
On lui donne Joseph pour second prénom.
Lorsque le médecin suspend le bébé à ses
deux pouces pour tester ses premiers réflexes,
Maxime imagine son fils aux anneaux. Il veut
se reconnaître dans la ligne de ses sourcils,
dans son menton volontaire. Une nouvelle
existence commence pour eux trois, Simon
se développe parfaitement, il dort bien, fait
preuve d'un appétit féroce, sourit à tous. Il
lui reste huit ans à vivre.

Quelques mois plus tard, Robert et Tania
leur rendent visite. Avant leur arrivée
Maxime se sent anxieux, mais il est vite ras-
suré : toujours aussi ravissante, Tania se
montre naturelle avec lui, s'émerveillant
devant le nouveau-né. Une après-midi passée
en sa compagnie devant le berceau de Simon
suffit à le détacher de cette image idéale. Son
fils l'accapare et le reste passe au second plan.
Hannah rit avec son frère qui la taquine,
Robert semble heureux, il tient souvent
Tania par la taille, Maxime remarque cependant que celle-ci ne s'est pas arrondie.

Le dimanche Hannah installe Simon dans un couffin, à l'ombre d'un marronnier, entre les courts de tennis et le gymnase. De temps en temps, luisant de sueur, une serviette nouée autour du cou, Maxime caresse la joue de son fils, embrasse sa femme puis disparaît. Il attend avec impatience le moment d'initier Simon à toutes ces disciplines, de l'emmener sur le tapis de lutte, de le saisir par la taille pour l'accrocher à la barre fixe.

Simon a connu lui aussi le magasin de la rue du Bourg-l'Abbé. Il a grimpé l'escalier, couru dans le couloir de l'immeuble, exploré les réserves. Sans doute, comme moi, s'est-il construit des abris avec les cartons vides qui s'entassaient dans chaque pièce. Il a joué à tenir la caisse, aidé à servir les clients, gestes que j'ai répétés sans le savoir. Dans le cabinet de Louise, assis devant le même chocolat, il a raconté ses soucis et ses rêves. Mais avait-il des soucis ? Contrairement à moi, il ne souffrait pas d'un corps qui le trahirait sans cesse, il ne se leurrait pas lorsqu'il lisait l'admiration dans les yeux de son père.

Jusqu'à ce que la menace frappe à la porte

de l'appartement de l'avenue Gambetta, les premières années de Simon se sont déroulées dans l'insouciance. Louise m'en a apporté le témoignage, donnant de la chair au petit fantôme.

L'ombre de la guerre se rapproche. Maxime et Hannah vivent au rythme des événements qui bouleversent l'Europe. Joseph garde l'oreille collée au poste, lit tous les journaux. Les brimades qu'il a subies en Roumanie l'ont poussé à l'exil et plus que d'autres il est attentif à la vague brune qui s'étend au-delà des frontières. Maxime le lui répète sans cesse : ils sont en France, patrie de la liberté, rien de semblable ne peut y être envisagé. Il n'aime pas cette lueur de crainte dans les yeux de Joseph, il lui est insupportable de voir ses épaules se voûter et il lui arrive de brusquer son père, de se moquer de ses inquiétudes.

Bien sûr on tient Simon à l'écart de ces discussions, on éloigne les ombres de lui. Il est aimé, entouré de sollicitude. Le monde l'assure de sa protection, les passants lui sourient, comment un tel univers pourrait-il basculer, lui devenir hostile ? Comment ces adultes bienveillants pourraient-ils un jour devenir ses persécuteurs, le bousculer, le précipiter dans un wagon rempli de paille, le séparer d'Hannah ? Les journaux rendent compte des grand-messes qui se déroulent au-delà des frontières, les magazines en publient les photographies. Et lorsque pardessus l'épaule de ses parents il regarde ces alignements impeccables, ces torchères, ces bannières claquant au-dessus de foules en grand uniforme, ébloui, il ouvre de grands yeux.

Jour après jour, au fil de nos rendez-vous, Louise tournait pour moi les pages d'un livre que je n'avais encore jamais feuilleté. J'entrais avec elle dans la tourmente que mes parents avaient traversée en sa compagnie. Elle remplissait à ras bord son verre de liqueur, tirait sur chacune de ses cigarettes jusqu'à s'en brûler les doigts. Lorsque la clochette de sa porte annonçait l'arrivée d'un client elle soupirait, se levait à regret et me demandait de patienter. Elle expédiait ses rendez-vous et me rejoignait pour reprendre le fil de son récit, qui allait nourrir le mien.

L'Autriche est annexée, la Pologne envahie, la France entre en guerre. Les pages défilent : victoire de l'Allemagne nazie, signature de l'armistice, instauration du régime de

Vichy. Des noms claquent, criés dans les rues par les vendeurs de journaux, des visages s'affichent, auxquels la France va confier sa destinée. On voit défiler des chars, des troupes de conquérants descendre au pas de l'oie les Champs-Elysées. Sur la terrasse du Trocadéro un homme en grand uniforme, les mains dans le dos, contemple la tour Eiffel d'un œil de propriétaire. Le mal se répand, en quelques mois les valeurs s'inversent et les figures jusque-là familières deviennent l'incarnation du danger. Ceux qui assuraient la sécurité, réglaient la circulation, tamponnaient les papiers officiels, deviennent les auxiliaires zélés d'un projet implacable, fonctionnaires dont la simple signature peut bouleverser un destin. L'ennemi n'est plus seulement reconnaissable à ses uniformes vert-de-gris, à ses longs imperméables, il peut aussi se dissimuler sous les manches de lustrine des employés de mairie, sous la pèlerine des sergents de ville, sous l'autorité des préfets et jusque dans le regard amical des voisins. Le gros autobus à plate-forme qui transportait les citadins à leur travail, déposait ses voyageurs devant jardins et cinémas,

va s'alourdir de cargaisons d'hommes et de
femmes chargés de balluchons. La quinze-
chevaux qui emmenait des familles heureuses
sur la route des vacances s'arrête désormais
au petit matin devant les porches des
immeubles pour y semer la terreur.

Un jour Maxime trouve Joseph appuyé
au comptoir, le visage défait. Gaston, le
manutentionnaire du magasin, vient d'accompagner Timo, l'employé yougoslave du
grossiste de l'immeuble voisin, au gymnase
Japy où le jeune homme devait répondre à
une convocation. Gaston en est revenu seul,
chargé de rapporter à son ami des objets de
première nécessité. Des bruits courent sur
ces premières arrestations, les malheureux
seraient retenus dans ces lieux transformés en
centres de rassemblement. Joseph y voit les
premiers signes d'une persécution qui va se
généraliser. Il le sait, l'a répété à tous ceux
qui voulaient bien l'entendre : ce qu'il a fui
en Roumanie va se répéter. Déjà en Allemagne la Nuit de cristal, puis l'instauration
du statut des Juifs lui ont laissé envisager le
pire, mais on ne veut pas l'écouter. Dans le

quartier on parle de rafles qui se généralisent. Maxime tente encore une fois de rassurer son père : ce n'est pas à cause de ses origines juives que Timo est inquiété, mais en raison de son statut d'étranger. On sait par les journaux et les radios que la politique d'épuration vise à expulser de France tous ceux qui n'ont pas été naturalisés. Joseph et sa famille sont français depuis plusieurs dizaines d'années, qu'auraient-ils à craindre ?

Maxime fait la sourde oreille. L'inquiétude des voisins l'agace, il n'aime pas ces yeux larmoyants, ces mains qui se tordent, il reçoit froidement ces timorés, les éconduit parfois brutalement. Il veut encore croire à l'impossible, comme beaucoup d'autres il a entendu le récit d'enlèvements au petit matin, il est au courant des opérations organisées pour nettoyer le pays des éléments indésirables. Mais il persiste à croire que ces mesures visent Polonais, Hongrois, Tchécoslovaques, apatrides réfugiés depuis peu, parlant à peine le français, orthodoxes qui n'ont rien changé à leur mode de vie et créé une véritable enclave au cœur de Paris.

Il n'ignore pourtant pas que la menace se rapproche. Elle a pris le visage de celui que l'Allemagne a hissé au pouvoir. Il ne peut se défaire de l'image du pantin sinistre dont les vociférations lui ont rendu odieuse une langue qui jusque-là l'avait bercé de ses lieder, de ses opéras, l'avait nourri de sa littérature et de sa philosophie.

Les pages tournent de plus en plus rapidement, leurs images gagnent en précision. On y voit des files d'attente, des ménagères qui patientent une matinée entière pour payer à prix d'or une viande de dernière qualité, quelques légumes jusque-là méprisés et du pain qu'il faudra trancher le plus finement possible. Mais surtout elles donnent raison aux prévisions les plus pessimistes de Joseph lorsqu'elles montrent des hommes qui ramassent des ballots ficelés à la hâte et s'entassent dans des autobus sous le contrôle de la police française.

Plus tard, ces mêmes images en noir et blanc projetteront aux yeux des incrédules les portes de wagons plombés, le brouillard de gares dont on ne revient pas.

Maxime a refusé de se rendre au commissariat pour faire apposer sur ses papiers d'identité le tampon rouge infamant. Cette décision est cause de conflits au sein de la famille. Esther et Georges ont répondu à l'appel, Elise et André résistent encore, Joseph attend la décision de son fils, tous en débattent au cours d'échanges houleux.

Travailler ses muscles devient un défi à la lâcheté et à la soumission : Maxime s'entraîne avec une énergie nouvelle. Jamais il n'a remporté autant de victoires, triomphé de ses adversaires avec si peu d'efforts. Il voudrait couvrir sa poitrine de médailles, monter sur la plus haute marche du podium. Il emmène Hannah et Simon au stade chaque dimanche, le petit garçon est la fierté de son père, sa silhouette déliée fait merveille dans les enchaînements, équilibres et sauts périlleux.

Bientôt il se lancera dans les agrès et s'initiera à la lutte.

Plus jeune que Maxime, Robert a été mobilisé sur le front de l'Est. Tania s'est occupée de la succursale de Lyon aussi long-temps que possible, mais les difficultés cau-sées par la lenteur de l'approvisionnement, la fermeture des usines, l'ont contrainte à mettre la clef sous la porte. Elle est rentrée à Paris pour loger de nouveau rue Berthe, chez sa mère. Son isolement l'a poussée à se rap-procher de la famille de son mari, elle voit Maxime et Hannah régulièrement. Les soucis qu'elle a connus à Lyon, l'angoisse éprouvée chaque jour à l'ouverture du courrier ont laissé leur trace sur son visage. Les trait tirés, elle prend moins soin de son apparence mais au détour d'un sourire, à la faveur d'un geste, Maxime retrouve face à elle son éblouisse-ment d'autrefois.

Un dimanche, Louise, Georges, Esther et Tania accompagnent Simon et ses parents à l'Alsacienne pour juger de ses progrès. On déjeunera sur les bords de Marne, on se régalera de friture et de vin blanc, l'après-midi Simon fera la démonstration de ses talents, Tania, si elle le souhaite, pourra renouer avec son entraînement. Lorsque après le repas elle fait son apparition, moulée dans son maillot noir, Maxime prend conscience du véritable motif de son invitation : la contempler dans cette tenue. Il retrouve au fond de sa gorge la sensation douloureuse qu'il croyait avoir oubliée, bouleversé de nouveau par cette vision, comme au jour de son mariage. Du haut du plongeoir Tania s'élance, décrit une trajectoire parfaite avant de disparaître sous la surface de l'eau. Maxime ne peut détacher ses yeux de la ligne de ces épaules, de cette taille, de ces jambes ciselées.

Hannah applaudit avant de chercher le regard complice de Maxime. Elle n'y voit que Tania. Elle connaît suffisamment son mari pour y lire un désir fou, une fascination qu'il ne songe même pas à dissimuler. Jamais il ne l'a regardée ainsi. Elle se tourne vers Esther et Georges : tous ces yeux brillent pour Tania de la même ferveur. Elle ne trouve de soutien que dans le regard de Louise, qui a compris et tente de la rassurer d'un sourire. Elle vacille, dans un brouillard elle entend les bravos qui saluent un nouvel exploit de Tania. Celle-ci sort ruisselante de la piscine, secoue sa lourde chevelure et Hannah est saisie par l'image de couple idéal qu'imposent les deux sportifs. Ils sont sur leur territoire, le stade leur appartient, ils rayonnent. Georges et Esther ont la même pensée, elle en est persuadée. Son tempérament ne l'a jamais poussée au combat, aussitôt elle voudrait disparaître, s'effacer pour leur laisser la place. La journée s'assombrit, elle va passer le reste de l'après-midi auprès de Simon, l'embrassant, le serrant dans ses bras, plus proche que jamais de son fils.

Esther et Tania, devenues complices, égayent de leurs rires les dîners du dimanche, éloignant les menaces. Hannah s'efface dans l'ombre de ces deux femmes avec lesquelles elle ne peut chercher à rivaliser. Elle disparaît derrière la bonne humeur et le bavardage incessant d'Esther, elle se soumet à la beauté triomphante de Tania et, vaincue, se réfugie auprès de Simon.

Leur quotidien est rétréci par les privations

mais illuminé par des éclaircies, ces dîners organisés par Esther avec le peu dont elle dispose. Toute une tablée réunie qui s'interdit, le temps d'une soirée, d'évoquer les rigueurs de l'époque et laisse les ombres derrière la porte.

Le port de l'étoile est devenu obligatoire. Une gifle pour Maxime qui ne peut plus rien opposer à ceux qu'il a tenté de rassurer. Les inquiétudes de Joseph, les craintes des commerçants voisins étaient fondées. La perspective d'arborer l'insigne jaune anéantit tous ses efforts, le rallie de force à une communauté avec laquelle il voudrait prendre ses distances. Pire, l'ennemi n'est plus l'envahisseur mais son pays lui-même, qui le range du côté des proscrits. Il décide une fois encore de désobéir, ce chiffon ne viendra pas salir ses costumes de prix, ni humilier sa famille. La tension avec ses proches devient électrique, Georges lui reproche ce qu'il considère comme un reniement, Esther et lui porteront l'étoile avec fierté, pourquoi devraient-ils en avoir honte ? Chaque discussion est l'occasion d'une nouvelle empoignade, Joseph ose à peine s'adresser à son fils, tente parfois de lui faire entendre le risque que sa décision fait courir à sa femme et à Simon. Maxime balaye avec colère ces arguments : rien ne le désigne aux yeux de l'ennemi, pourquoi l'inquiéterait-on ? A-t-il le nez aquilin, les doigts crochus, le menton fuyant que les affiches de la terrible exposition du palais Berlitz proposent aux Parisiens pour leur permettre de reconnaître les ennemis de la France ?

Louise a obéi, elle a cousu l'insigne à sa poitrine. Elle ne s'est pas senti la force de se dérober mais l'étoile lui pèse, plus encore que la lourde semelle de sa chaussure orthopédique. Maxime passe la voir chaque jour, discute avec elle, s'inquiète de son avis sur la situation. Il voudrait lui reprocher sa capitulation mais le visage défait de son amie l'en dissuade. Il ne peut plus reculer, le lutteur sait à quel point une seconde d'hésitation, un regard qui défaille, un geste incertain peuvent profiter à l'adversaire. Cette mesure est peut-être le signe qu'il attendait. Il lui faut franchir la ligne de démarcation, avec Hannah et Simon. A plusieurs reprises, il va en parler à

Louise. Elle tentera d'abord de l'en dissua-
der, effrayée par le danger, mais devant sa
détermination, lui proposera une solution :
une de ses cousines travaille à la mairie de
Saint-Gaultier, une petite commune de
l'Indre, elle la joindra pour organiser avec elle
leur accueil.

Maxime est persuadé que le passage en
zone libre reste la seule issue possible. Le
dimanche suivant, il organise chez Georges
un conseil de famille afin de recueillir l'avis
de tous. Elise, protégée par le patronyme
d'André, veut rester à Paris, les réunions avec
ses amis politiques sont une nécessité pour
elle, elle va participer à l'organisation d'un
réseau de résistance. Georges et Esther se
disent prêts, pour des raisons différentes : il
ne supporte plus les privations ; elle est
séduite par l'aspect romanesque de l'aventure. Tous deux pensent cependant qu'il
serait prudent d'envoyer les hommes, qui
sont les plus menacés, en avant-garde. Une
fois en sécurité ils pourront faire signe aux
autres. Simon sera du second voyage, avec sa
mère. Tania ne veut pas abandonner Martha
qui souffrirait de la savoir loin d'elle. Les

femmes pourraient assurer la garde du magasin, puis, accompagnées de Louise, elles prendraient elles aussi la route de Saint-Gaultier. Tout le monde décide de s'accorder une semaine de réflexion.

Simon, pendant ce temps, est-il sensible à l'inquiétude de ces regards ? Il surprend des conversations, entend parler de départ, sans doute ressent-il le désarroi de son père, l'angoisse de sa mère. Mais il reste le véritable centre de cette constellation. Comme Maxime, il sait obtenir d'un sourire ce qu'il désire, la vie lui appartient. Dans le quartier il croise des voisins, des inconnus qui portent cette étoile sur leur cœur, il la voudrait aussi. Peut-être même a-t-il demandé à Hannah de la coudre à son gilet afin de l'arborer fièrement, comme les médailles de son père.

Tania a retrouvé rue Berthe sa chambre de jeune fille, les activités de couturière de sa mère leur assurent à toutes deux un minimum de confort. Elle s'est habituée à la situation. Robert n'est plus au centre de ses préoccupations, ses mains ne tremblent plus à l'ouverture du courrier. Elle a reçu quelques lettres optimistes : il ne se plaint pas, il a la chance de ne pas se trouver au centre des plus violents combats, il l'assure de son amour et lui dit qu'ils feront un enfant dès son retour.

Ces années à Lyon ont confiné Tania entre le magasin de literie et le petit appartement du premier étage. Seule la fréquentation de la piscine a apporté un peu de lumière à cette existence. Robert s'est montré un compagnon attentif, mais sa fantaisie n'a pas suffi à rompre la monotonie de la vie provinciale. Le caractère enfantin de son mari a commencé à lui peser, son obéissance aveugle aux désirs de ses parents lui est devenue insupportable : la soumission de Robert leur avait valu ce départ pour Lyon et elle ne pouvait pardonner à ses beaux-parents de les avoir ainsi exilés. Martha lui a manqué dans cette période de menaces et elle aurait tout donné pour retrouver sa mère, l'atelier de la rue Berthe et l'animation de la butte Montmartre.

De retour à Paris elle renoue avec sa famille. Elle apprécie les dîners du dimanche soir chez Georges et Esther. Sa belle-sœur est devenue une amie, une confidente. Elle a retrouvé avec bonheur Hannah, la sœur de Robert, a fait la connaissance de son mari et de leur fils Simon, ce petit garçon autoritaire et charmeur, si semblable à son père.

Elle ne peut se défendre d'une attirance pour Maxime, dont l'apparence l'a séduite dès leur première rencontre. Mais le regard appuyé qu'il lui a adressé le jour même de son mariage l'a glacée. Elle le devine habitué aux conquêtes faciles, sûr de son charme, un de ces hommes pour qui les femmes sont des proies.

Robert, fier d'avoir épousé une femme sur laquelle on se retourne, n'a cessé de manifester pour elle une gourmandise de petit garçon. Au début de leur vie lyonnaise, ils descendaient parfois au magasin le soir venu et s'aimaient sur l'un des lits proposés à la vente. Robert faisait son choix : rustique, grand siècle ou contemporain, tous les styles de chambre à coucher étaient proposés dans le hall d'exposition, promesses de plaisirs différents. Les stores des vitrines baissés pour la nuit laissaient filtrer la lueur des réverbères et, serrée contre son mari, Tania sursautait à chaque claquement de talons dans la rue.

Maxime occupe ses pensées plus qu'elle ne le voudrait. Elle a beau lutter, son image la poursuit, image troublante d'un homme qu'elle n'aime pas. A chaque fois qu'elle le retrouve, en compagnie d'Hannah et de Simon, elle repense à son regard. En toute autre circonstance elle l'aurait considéré comme un simple hommage, mais le jour de son mariage ! Elle n'en a rien dit à Robert, ni à Esther et elle s'en veut de ce silence, comme s'il scellait un pacte entre Maxime et elle, cet homme qu'elle pourrait mépriser mais qu'elle désire. Pour la première fois elle éprouve une attirance qui ne s'accompagne ni d'estime, ni de tendresse. Des visions trop précises l'assaillent, le hâle de son cou tranchant sur la blancheur de sa chemise, la ligne de ses épaules, les veines saillantes de ses avant-bras. Elle se laisse aller à imaginer son odeur, le poids de son corps, son sexe, les muscles de ses fesses.

Elle a toujours mené le jeu avec Robert, riant de son impatience, jouant avec son désir Par Maxime elle se sent déjà dominée une sensation inconnue, une tension éprouvante. Pour s'en défaire, elle renoue avec le dessin. Elle ouvre de nouveau ses carnets de croquis et page après page prend possession de ce corps, en souligne les contours, en dégage les lignes de force. Le résultat la surprend : tout le contraire des silhouettes fluides qu'elle proposait chaque semaine au journal. Grâce à Maxime elle se découvre un style, une vigueur dans le trait qu'elle ne se connaissait pas. Cette activité l'apaise, elle s'isole dans sa chambre de longues heures, le crayon à la main, puis comme un enfant

coupable elle cache ses esquisses au fond
d'un tiroir.

Au début de l'été s'ouvre une perspective
nouvelle. Le magasin de Lyon est devenu une
charge inutile, le risque d'une spoliation se
précise. Un acheteur s'est présenté, pourrait-
elle se charger de cette mission, le rencontrer
et discuter avec lui des conditions ? Sa belle-
mère, trop éprouvée par le départ de son fils,
ne se sent pas la force d'entreprendre le
voyage. Un de leurs amis qui travaille à la pré-
fecture pourrait lui procurer les papiers néces-
saires, elle reprendrait son nom de jeune fille
à la consonance anglaise. Tania hésite, Robert
aurait obéi à sa mère sans discuter mais elle
veut prendre le temps de réfléchir.

Une idée la décide : si les membres de la
famille mettent leur projet à exécution et se
réfugient dans l'Indre elle pourrait les y
rejoindre, une fois ses affaires réglées. Elle
vivrait cette période difficile près de ceux
qu'elle aime, elle partagerait la vie d'Hannah
et de Simon, elle se rapprocherait d'Esther.
Elle verrait Maxime tous les jours.

La décision est prise. Louise a pu joindre sa cousine, celle-ci lui a communiqué l'adresse d'un colonel à la retraite qui vit avec sa fille et pourra les accueillir dans sa propriété des bords de la Creuse. Georges et Maxime vont franchir la ligne en premier et s'établir à Saint-Gaultier. Esther, Hannah, Louise et Simon les rejoindront aussitôt que possible. Joseph ne veut pas tenter l'aventure, franchir de nouveau une frontière lui paraît insurmontable, il ira vivre à Malakoff, chez Elise et Marcel.

Trouver un passeur n'a pas été aussi difficile qu'ils le craignaient, les amis d'Elise leur ont fourni une adresse. L'homme rencontré dans un café de Belleville inspire confiance, il a franchi la ligne à plusieurs reprises et leur assure une totale sécurité. Ils ont rendez-vous avec lui dans un village au sud de Montoire,

Marcel les y déposera. Ils connaissent les conditions : une somme coquette à verser, un minimum de bagages, les économies cousues dans la doublure de la veste, des faux papiers.

Tout se passe comme convenu : une date, une heure, le temps d'une boisson dans l'arrière-salle d'un café puis une marche sous la lune, dans le bruissement d'une campagne inconnue. La vision du poste de garde en ombre chinoise sur le ciel étoilé, l'angoisse du passage et enfin la liberté, la poignée de main de l'homme qui s'enfonce de nouveau dans l'obscurité et les abandonne à proximité d'un village endormi. L'attente du petit matin sur la paille d'une grange et le trajet en autocar jusqu'à Châteauroux. Enfin le coup de téléphone au colonel qui vient les chercher dans sa vieille traction et les conduit chez lui. Thérèse, sa fille, leur fait les honneurs de la maison. Ils sont libres, le temps de prendre leurs repères et ils pourront faire signe aux femmes.

Juchée sur un escarpement qui domine la Creuse, la petite ville est blottie autour de son église romane. Elle précipite ses venelles en pente raide vers les berges recouvertes de hautes herbes. Après avoir franchi les piles d'un pont dont les trois arches reflétées par le courant dessinent des cercles parfaits, la rivière s'engouffre sous l'usine hydroélectrique qui transforme ses eaux grises en lumière. Les rues du centre de l'agglomération alignent de modestes maisons qui ne dépassent pas un étage et, à la périphérie, de chaque côté des berges, quelques propriétés imposantes règnent sur des parcs ombragés. Celle du colonel trône au milieu d'arbres centenaires, elle est bordée d'un muret percé d'une porte métallique qui donne accès aux berges. Leur hôte habite le rez-de-chaussée avec sa fille, au premier étage quatre chambres sont à leur disposition. Maxime et Georges choisissent les plus spacieuses qu'ils occuperont avec Hannah et Esther, Louise et Simon se partageront les deux autres.

Tout leur a paru si facile, ils ne mesurent pas les risques qu'ils ont courus. Sur les conseils de Thérèse, Maxime prend contact avec l'école du village pour proposer ses services et participer à l'éducation sportive des enfants. Georges pourrait entretenir les jar-

dins et renouer avec la pêche, pour approvi-
sionner Thérèse avec ces poissons de rivière
qui agrémenteraient l'ordinaire.

A cinquante ans passés, Thérèse, l'institutrice du village, vit dans l'ombre du seul
homme de sa vie, son père. Elle dirige la maison avec autorité, veille sur le régime du colonel en gouvernante inflexible. Cette femme
sans homme se méfie de Maxime mais le
séducteur finit par l'apprivoiser. Sensible à
son charme, elle le lui témoigne par de mul-
tiples attentions. Elle est à sa fenêtre lorsqu'il
fait sa gymnastique matinale torse nu sur la
pelouse. Elle le contemple, bouleversée, et
confie ses émois à son journal intime.

Hannah s'occupe du magasin de la rue du Bourg-l'Abbé, aidée de Joseph. Esther est venue la rejoindre. Louise leur prête main-forte les jours d'affluence, sa clientèle s'est raréfiée, elle ne reçoit plus que ses patients les plus fidèles et préfère ne pas savoir pourquoi les autres ne font plus appel à ses services. Les trois femmes s'épaulent, se confient, dînent ensemble. Elles ont reçu un premier courrier des hommes qui leur chantent les louanges de Saint-Gaultier et promettent d'écrire bientôt pour leur donner le feu vert. Simon règne sur l'assemblée, il s'accroche à cette mère qui n'a plus que lui. Hannah se sent si seule dans l'appartement de l'avenue Gambetta qu'elle ne trouve pas le courage d'interdire son grand lit glacé à son fils. Il s'installe à la place de son père, la tête sur son oreiller, son chien de peluche serré

contre sa poitrine : chaque soir le petit
homme redevient un enfant craintif, effrayé
par les ombres de sa chambre. Hannah le
regarde s'endormir, émue par son application
à trouver le sommeil, elle reconnaît Maxime
dans ces sourcils froncés, dans ces poings
serrés. Cet homme est toute sa vie, elle en est
plus sûre que jamais. Dans quelques jours
elle retrouvera sa chaleur, elle partagera de
nouveau ses nuits.

Elle qui accorde si facilement sa confiance,
distribue sans compter son affection, se sent
coupable de ressentir comme une menace
la présence de sa belle-sœur. Depuis cette
après-midi au stade son cœur est toujours en
alerte. Elle admire Tania mais cette force
vive, cette beauté en liberté représentent un
véritable danger et elle ne peut s'empêcher de
se réjouir de son départ pour Lyon. Elle
pense souvent à Robert et craint chaque jour
l'annonce d'une mauvaise nouvelle. Que son
petit frère revienne et que Tania trouve à
nouveau refuge auprès de lui. Elle est fière
de parvenir à faire tourner le commerce sans
l'aide de son mari, heureuse de se priver pour
Simon, de veiller sur lui avec tout son amour.
Maxime lui en sera reconnaissant.

Pauvre Hannah. C'est la phrase qui m'est venue à l'esprit lorsque plus tard j'ai découvert ses photos, ému par sa rondeur, par la fraîcheur de ses yeux clairs posés sur Maxime, brillant d'une confiance absolue. Ce regard qui allait se voiler, ce sourire sur lequel allait s'abattre le feu du ciel. Jusqu'à l'arrivée de la seconde lettre elle a pu croire que son départ pour cette autre France allait lui permettre de retrouver son bonheur. Mais un à un les murs sont tombés, ces murs auxquels elle s'appuyait chaque jour, si peu sûre de sa force.

L'opération a été tenue secrète, dès le petit matin tout le onzième arrondissement a été bouclé, à chaque entrée de rue, à chaque bouche de métro les forces de police se tiennent prêtes. On frappe aux portes, on surprend des familles ensommeillées, on leur laisse à peine le temps de réunir quelques affaires et on les force à dévaler les escaliers, parfois à coups de pied ou de crosse, pour les entasser dans des autobus. Pour quelle destination ? Les informations sont contradictoires, les plus optimistes ont entendu parler de cet Etat juif que l'Allemagne hitlérienne envisage de créer à l'Est, ou bien encore à Madagascar, qui deviendrait la nouvelle Palestine. Les autres, ceux qui tentent de s'enfuir, ceux qui se jettent par la fenêtre ou confient leurs enfants en toute hâte à des voisins, n'ont accordé aucun crédit à cette fable. Ils savent qu'il existe au-delà des frontières des lieux dont on ne revient pas. A peine arrivée rue du Bourg-l'Abbé, Hannah apprend par Esther la nouvelle qui a fait le tour de tous les magasins du quartier : la plus grande rafle organisée depuis le début de l'Occupation vient de se dérouler. Elle se précipite boulevard Richard-Lenoir et comprend aussitôt en voyant le magasin fermé, ainsi que l'appartement. Des scellés ont été apposés sur les portes, des voisins lui confirment le départ de ses parents, au petit matin, avec les centaines d'autres habitants du quartier, recensés ou dénoncés.

Le premier mur vient de tomber, Hannah vacille, elle retourne au magasin se jeter dans les bras de Louise et d'Esther. Au milieu de ses larmes elle réclame Maxime, comme une petite fille perdue.

Lorsque la seconde lettre arrive de l'Indre Hannah reprend espoir. Les hommes leur annoncent que tout est prêt pour les accueillir, les bords de Creuse leur feront oublier menaces et privations. Elle déchiffre avec peine l'écriture serrée de Maxime, jusqu'à ce qu'elle tombe sur les deux lignes qui l'atteignent en plein cœur. La lettre tant attendue lui tombe des mains : Tania vient de rejoindre ses beaux-frères, arrivée de Lyon elle s'est installée auprès d'eux depuis quelques jours. Quand elles seront à Saint-Gaultier avec Simon la famille sera presque au complet, Maxime lui annonce cette bonne nouvelle avec joie.

Le deuxième mur s'effondre, avec fracas. Hannah a quitté la protection de sa famille pour se réfugier sous l'aile de Maxime, sans

lui elle n'est plus rien. Elle croit perdre la raison. Ses parents l'ont abandonnée, c'est au
tour de son mari, soudain elle en est sûre. Elle
sait pourquoi sa belle-sœur a fait ce voyage,
elle n'a besoin d'aucune preuve, son instinct
ne peut la tromper. Au fond d'elle-même une
certitude avait fait son nid : rien ne pourrait
empêcher ces deux-là de se retrouver. Tania
est là-bas, auprès de Maxime. Tout bascule,
la vie lui devient insupportable. Esther et
Louise la voient défaillir, ses jambes ne la
soutiennent plus, livide elle s'accroche à un
comptoir. En lisant la lettre toutes deux
comprennent. Esther est bouleversée par la
douleur d'Hannah, elle voudrait pouvoir lui
dire à quel point elle se sent coupable. C'est
elle qui a fourni à Tania l'adresse du colonel,
juste avant son départ pour Lyon.

Elles décident de hâter leur voyage. Gaston, le manutentionnaire du magasin, leur a
procuré les faux papiers dont elles avaient
besoin, elles connaissent l'adresse du passeur,
dans quelques jours elles seront à Saint-Gaultier. Hannah les laisse tout organiser, fermer
le magasin, le cabinet de Louise. Elle ne réa-

git plus, il faut la prendre par la main, choisir pour elle les objets de première nécessité, préparer le bagage de Simon. La veille du départ elle refuse soudain de partir, elle veut rester à Paris avec son fils, elle doit attendre le retour de ses parents, si Robert revient blessé elle devra prendre soin de lui. Ses yeux s'égarent, elle délire presque, il faut toute l'énergie de Louise et d'Esther pour la convaincre. Sous leur autorité elle finit par accepter le départ mais se réfugie dans un mutisme total.

Marcel se charge de les mener près de Montoire et de les déposer sur le lieu de leur rendez-vous avec le passeur. Simon, excité par l'aventure, dévore des yeux le paysage derrière les vitres de la Citroën, il interpelle sa mère qui le regarde à peine. Louise et Esther se taisent elles aussi, leur angoisse décuplée par le comportement d'Hannah elles ne tentent aucun geste affectueux vers elle de crainte de provoquer ses pleurs. Jusqu'à leur arrivée dans le café on n'entendra pas sa voix. Un peu plus tard elle parlera, pour la première fois depuis le départ de Paris. Alors elle prononcera une phrase, une seule, qui perdra Simon.

Cédant à mon insistance, Louise m'a raconté ce qui resterait à jamais gravé dans sa mémoire. Elle m'avait tout dit du drame, tout ce que mes parents lui avaient confié, tout ce qu'elle avait vécu en leur compagnie. Tout sauf l'essentiel. Une ombre demeurait : la famille voulait croire à l'incroyable imprudence d'Hannah qui avait causé sa perte, entraînant celle de Simon. Devant mon insistance ma vieille amie a fini par m'avouer ce qui s'était réellement passé ce soir-là dans le café, tout près du poste de garde. Hannah la timide, la mère parfaite, s'est transformée en héroïne tragique, la fragile jeune femme est soudain devenue une Médée, sacrifiant son enfant et sa propre vie sur l'autel de son amour blessé.

Esther et Louise sont installées à une table, à côté du bar. Hannah et Simon un peu plus loin, près de la fenêtre. La salle est vide, ils sont les seuls clients du café, on entend le tic-tac d'une grosse comtoise, le patron nettoie son zinc en bavardant avec le passeur. Tout paraît si calme, un avant-goût de cette liberté qui les attend à quelques kilomètres à peine. L'homme leur a conseillé de se séparer afin que leur groupe n'attire pas l'attention. Après avoir remisé leurs bagages à l'extérieur, dans un appentis, il est allé leur chercher des boissons. Il a repéré les horaires des tours de garde, sait à quel moment l'attention des veilleurs se relâchera. Il leur a dit qu'il faudrait faire vite, récupérer les sacs et courir dans l'obscurité d'un petit chemin dont il connaît chaque pierre. Prévenu que l'on allait marcher de nuit dans la campagne, Simon serre son petit chien contre lui et boit la limonade que l'homme lui a servie. Hannah ne touche pas à sa tasse, elle fixe le ciel étoilé au-delà de la fenêtre, de temps à autre, comme absente, elle caresse les cheveux de son fils. Esher et Louise la regardent de loin, avec anxiété. Simon demande à aller aux toilettes, on lui indique le chemin, Hannah veut se lever pour l'accompagner mais d'un geste il lui signifie qu'il est assez grand pour se débrouiller seul. Au passage il confie son chien à Louise. Elle sourit, regardant s'éloigner vers le fond de la salle le petit homme autoritaire et charmeur.

Soudain on entend crisser les freins d'une automobile. Des pas claquent dans la nuit et la porte du restaurant s'ouvre sur trois officiers en uniforme. Louise et Esther se sentent blêmir, instinctivement Louise cache le petit chien sous la table, puis porte la main à sa poitrine pour s'assurer qu'aucun fil de l'étoile décousue n'y est resté accroché. Hannah ne réagit pas à l'entrée des hommes. Le dos du passeur se contracte, accoudé au bar il porte son verre à ses lèvres et fixe les rangées de bouteilles. Deux des hommes restent en faction près de la porte, le troisième se dirige vers Louise et Esther et leur demande leurs papiers. Elles maîtrisent le tremblement de leurs mains, sortent leurs cartes d'identité de leur sac. Au moment où Louise se lève, l'épaisse semelle de sa chaussure orthopédique heurte le pied de la chaise. L'homme dit quelque chose en allemand à ses deux collègues qui lui répondent en riant. Le patron du café tente une plaisanterie, le passeur se force à sourire. L'officier ne réagit pas et plonge son regard dans les yeux des deux femmes après avoir contemplé leurs photographies. Il leur rend leurs papiers, contrôle ceux du passeur puis se dirige vers Hannah qui ne s'est pas détournée de la fenêtre. Une fois près d'elle il tend une main autoritaire et la jeune femme plante ses yeux dans les siens. Louise et Esther retiennent leur souffle, elles la voient fouiller dans son sac, contempler ses papiers, les poser en évidence sur la table avant d'en sortir d'autres qu'elle tend à l'homme, sans lâcher son regard.

Décontenancé, l'officier hausse les sourcils. A peine a-t-il jeté un œil sur le document

qu'il aboie un ordre. Esther et Louise, paraly-
sées, comprennent ce qui vient de se passer.
On entend alors un trottinement sur le parquet de la salle, Simon vient de sortir des toilettes et se précipite vers sa mère. Louise
voudrait lui faire signe de se taire, de se diri-
ger vers elle, mais il est trop tard. L'homme
interroge Hannah du regard. Sans hésiter,
d'une voix calme elle répond : « C'est mon
fils. »

Hannah et Simon quittent le café, encadrés
par les trois hommes. Tout s'est joué en
quelques secondes. Hannah est déjà loin, le
regard perdu. Simon suit sa mère et longe la
table des deux femmes sans leur adresser la
parole. Sur son passage Louise se dresse mais
une main ferme posée sur son épaule la force
à se rasseoir : celle du passeur, qui la foudroie
du regard. Les officiers n'ont rien vu, la porte
se referme sur la nuit noire, on entend
démarrer la voiture et c'est de nouveau le
silence. Esther et Louise s'effondrent mais le
passeur ne leur laisse pas le temps de réfléchir, il est pâle, le front luisant de sueur : c'est
maintenant ou jamais. Il faut partir, ramasser

les affaires dans l'appentis et emprunter le sentier qui mène vers la liberté, elles se chargeront des sacs de la mère et de l'enfant. En se levant Louise cogne un objet sous la table : le chien de Simon. Le petit garçon est parti sans son compagnon, lui rendre les aurait condamnées, de toute façon elle n'y a même pas songé. Elle le presse contre son visage, le mouille de ses larmes.

L'homme les bouscule, les fait sortir en hâte. Esther fait peur à voir, le trait de crayon gras qui souligne ses yeux a coulé, lui dessine des cernes verdâtres, son épaisse chevelure rousse accentue sa pâleur. La nuit est fraîche malgré la saison, le ciel constellé d'étoiles. Louise serre le petit chien contre sa poitrine, elle se dit que Simon a eu raison de le protéger avec le manteau tricoté par Hannah

Une heure plus tard elles sont en zone libre. La campagne est agitée de murmures, les herbes ondulent au passage de chats en maraude, on entend le hululement d'un rapace. Elles avancent sur une route déserte, baignée par la clarté de la lune, cherchant un abri pour attendre le lever du jour. Louise imagine le tableau pitoyable que doivent offrir leurs deux silhouettes : un fantôme blafard au maquillage ruisselant, qui étouffe des sanglots, et une pauvre Juive claudicante, un sac dans chaque main, un chien en peluche coincé sous le bras. De l'autre côté de la ligne une voiture file dans la nuit, balayant de ses phares la route hostile. Vers quel cauchemar conduit-elle ses passagers, une femme hagarde et un petit garçon qui, de son œil inquiet, tente de percer l'obscurité ? Louise et Esther partagent la même pensée : elles ont échoué dans la mission qui leur a été confiée. Comment pourront-elles affronter l'arrivée à Saint-Gaultier, annoncer la nouvelle aux hommes qui les attendent ?

Lorsque Tania apparaît derrière les grilles de la propriété, Maxime débite à la hache le tronc d'un arbre arraché par le vent. Il a trouvé son rythme, assure son geste et la lame s'enfonce à chaque fois plus profondément dans la blessure. Cette activité occupe son esprit, mobilise ses muscles restés trop longtemps inactifs. Georges n'est pas encore rentré de la pêche, il est installé au bord de la rivière, à l'abri d'un saule. Son seau est rempli de poissons, il imagine son arrivée dans la cuisine, la joie de Thérèse à la vue de son butin. La fille du colonel lit sur la terrasse, allongée sur une chaise longue, bercée par le choc régulier de la hache. De temps à autre elle caresse des yeux l'homme en bras de chemise, admire son effort, l'encourage de la voix.

C'est elle qui voit Tania en premier. Elle sursaute, saisie par la beauté de la jeune

femme qui se tient immobile de l'autre côté
du muret, un sac de voyage à la main. Une
silhouette parfaite, vêtue d'une petite robe
grise aux épaules droites, a la taille marquée.
Elle ressent un pincement au cœur, cette présence radieuse annonce un malheur, elle en
est sûre. Les deux hommes lui ont parlé d'elle
et elle l'a reconnue, avant même que Maxime
ne lève la tête pour l'apercevoir à son tour. Il
tressaille, laisse sa hache plantée dans le tronc
de l'arbre, essuie son front. Ils se font face,
Maxime est debout, les bras ballants, à
quelques mètres de Tania, toujours immobile
derrière les grilles. Lorsque Thérèse surprend
leur regard elle comprend. Un nuage traverse
le ciel et vient masquer le soleil de cette
après-midi.

Tania s'installera dans la chambre destinée
à Simon, qui dispose de deux lits jumeaux.
Maxime et Georges s'empressent auprès
de leur belle-sœur, lui font faire le tour du
village, l'emmènent admirer l'église et le
prieuré, l'accompagnent sur les rives de la
Creuse.

Peu après son arrivée elle tente d'appeler ses beaux-parents, sans succès. Elle imagine le grelot du téléphone résonnant dans le salon désert, trouant un silence de mort. Elle envoie un télégramme à Martha, pour la rassurer, mais ne veut pas penser à Robert. Comme une petite fille obstinée elle a cédé à un caprice, elle est enfin auprès de l'homme qu'elle désire. Il l'attire plus que jamais, elle lutte contre la tentation de se réfugier contre son torse, de coller sa bouche à la sienne. Rien n'a d'importance en dehors de cette force qui la possède tout entière.

Jour après jour les yeux de Maxime se font plus insistants, elle leur répond, se laisse envahir par ces vagues de désir. Elle peut se livrer encore à ce jeu troublant, l'arrivée d'Hannah et de Simon y mettra fin. A chaque fois qu'elle s'abandonne au regard clair de Maxime, elle se sait observée par Thérèse : l'institutrice réagit comme une enfant jalouse.

Bouleversé par Tania, Maxime se retourne chaque nuit sans fin, obsédé par l'image de la jeune femme qui dort dans la chambre voisine, sa chevelure répandue sur l'oreiller, sa peau hâlée tranchant sur la pâleur des draps.

Esther et Louise, à peine arrivées, s'étaient effondrées dans les bras de Maxime et de Georges. Louise me dira qu'elles ne s'étaient senti ni l'une ni l'autre le courage d'évoquer l'acte suicidaire d'Hannah et avaient choisi de parler d'une imprudence, d'un oubli.

Comment la vie allait-elle s'organiser autour de l'absence d'Hannah et de Simon, laissant chacun aux prises avec des images insoutenables ? Maxime s'était réfugié dans sa chambre, y était resté de longues heures assis sur le bord du lit, la tête entre les mains. Dans un coin, derrière un fauteuil on avait déposé les sacs rapportés par Louise et Esther, ils resteraient fermés sur leurs souvenirs. Couché sur celui de Simon le petit chien au manteau de tricot veillait sur les affaires de son maître. Maxime n'avait pu supporter sa présence, il avait demandé qu'on l'éloigne de lui. Son fils et sa femme aux mains de l'ennemi, sans doute parqués avec quelques milliers d'autres dans l'une de ces enceintes où la haine s'exprime sans retenue. Et lui, pendant ce temps, à l'ombre des grands arbres du parc, bercé par le chant des oiseaux, tout entier à son désir.

Je tentais d'imaginer les sentiments de ma mère face à la nouvelle : l'ennemi dont elle avait fui la menace devenait un allié, balayant le seul obstacle qui se dressait entre elle et mon père. Tout devenait possible, si Hannah et Simon ne devaient pas revenir.

A Saint-Gaultier on essaie de se rassurer, on veut croire que la mère et l'enfant sont détenus dans l'une de ces localités dont le nom sera sali à jamais : Drancy, Pithiviers, Beaune-la-Rolande. On y souffre de la promiscuité, on y manque de tout mais comment imaginer que l'on puisse y mourir ? Seul le colonel en sait davantage, ses échanges avec les réseaux de résistance, les informations que lui font parvenir ses contacts américains lui ont appris l'existence d'un mal absolu au-delà des frontières. Il n'en a parlé à aucun de ses hôtes : il ne veut pas ajouter à leur inquiétude et refuse encore de croire à une telle entreprise de destruction.

Maxime, enfermé dans sa chambre la plus grande partie de la journée, trace autour de lui un cercle de silence. On ne sait que lui dire, on respecte sa douleur. Dans la grande demeure, les ombres d'Hannah et de Simon planent sur chacun. On croit entendre les cavalcades du petit garçon dans l'escalier, on voudrait l'emmener se baigner dans la Creuse. On imagine Hannah sur la terrasse, occupée à sa broderie, couvant des yeux son mari et son fils qui luttent sur l'herbe du parc. Tania, pour s'éloigner de Maxime, passe ses journées en compagnie d'Esther et de Louise. Elles se promènent dans les chemins de campagne, parlent de tout, sauf d'Hannah et de Simon. Comment Tania pourrait-elle encore jouer avec le désir de Maxime ? Elle l'évite, baisse les yeux lorsqu'elle le croise. L'absence de sa femme et de son fils dresse entre eux une barrière infranchissable.

Les semaines passant, Maxime revient peu à peu à la vie, il sort de sa chambre pour débiter du bois à longueur de journée ou part pour de longues marches. Chacun l'observe à la dérobée, guettant une étincelle de vie dans son œil éteint. Quand la maison s'éveille la table est déjà mise pour le petit déjeuner, sur la nappe trônent un pain frais, un pot de confiture : Maxime levé dès l'aube s'est occupé de tout, après sa gymnastique matinale. Il ne peut s'attarder au lit, dès son réveil l'angoisse pèse de tout son poids. L'idée d'un détour par la chambre de Tania lui est devenue impossible, lui qui méprise superstitions et rituels n'est pas loin de croire à un châtiment du ciel. Tous les jours il passe à la poste pour téléphoner à Paris, à son retour personne ne se hasarde à lui poser des questions.

En début d'après-midi, au plus fort de la chaleur, Tania enfile une robe légère par-dessus son maillot. Elle descend vers la Creuse, une serviette à son bras. Elle nage d'une rive à l'autre, jusqu'à n'en plus pouvoir, elle parfait ses plongeons depuis la pile du pont effondré. Dans l'eau glacée elle voit les herbes qui ondulent, le tapis grisâtre de la vase. Devant ses yeux défile une procession : des débris de végétation entraînés par le courant, happés par les vannes de l'usine. Quand elle émerge dans la lumière aveuglante elle aspire une goulée d'air, secoue ses cheveux comme pour dissiper un mauvais rêve et se lance à nouveau dans une nage obstinée. Elle épuise son corps, ne sort de l'eau qu'à bout de souffle, lorsque ses muscles ne répondent plus.

Le soir, à la veillée, les conversations languissent. Maxime prend congé le premier, on entend son pas lourd gravir les marches, la porte de sa chambre se refermer. Plus tard Georges et les femmes montent à leur tour. Tous, avant de sombrer dans le sommeil, pensent aux deux absents, blottis l'un contre l'autre dans une nuit peuplée de sanglots.

Maxime n'en peut plus de ces nuits passées à rechercher Hannah et Simon. Parfois, repensant au récit de Louise et d'Esther, il maudit l'inconscience de sa femme. Comment a-t-elle pu oublier ses vrais papiers au fond de son sac ? Par sa faute il est peut-être à jamais séparé de son fils.

Lorsqu'il émerge de ces semaines d'isolement son premier regard est pour Tania. Il ne veut plus résister. Une après-midi, alors que la maison s'assoupit, il l'accompagne sur les bords de la rivière. Sans échanger un mot ils traversent le parc, franchissent le portail qui mène à la berge, étendent leurs serviettes sur l'herbe tiède. Tania se déshabille devant lui, fait glisser sa robe et apparaît dans le maillot noir qu'elle portait à l'Alsacienne. Elle plonge aussitôt et commence sa traversée, battant l'eau d'un mouvement régulier.

Maxime regarde s'éloigner la silhouette de la nageuse qui fend l'eau scintillante. A mi-chemin elle s'arrête pour grimper sur la pile du pont, lui adresse un signe. L'air vibre autour d'elle, elle écarte les bras, cambre le dos, il voit frémir les muscles de ses cuisses avant qu'elle prenne son essor et reste suspendue un instant dans l'espace. A la vue de cette flèche noire tranchant sur le blanc du ciel son désir renaît. L'étau se desserre et il pleure, pour la première fois depuis l'arrivée de Louise et d'Esther.

Il ne cherche pas à se cacher de Tania, lorsqu'elle se hisse sur la berge il lui offre sa douleur, les yeux nus. Face à lui elle reste immobile, ruisselante. Elle tend sa main mouillée, il s'en saisit et y enfouit son visage. Elle s'approche de lui, il entoure sa taille de ses bras et appuie sa joue sur l'étoffe du maillot. Il touche enfin le corps de Tania. Après s'être allongé tant de fois en rêve dans sa chaleur c'est la peau glacée de la nageuse qui s'offre à lui. L'eau de la Creuse se mêle à ses larmes. Ils restent ainsi un long moment puis se détachent, toujours sans un mot. Tania s'allonge à côté de lui et tous deux fixent le ciel. La ville dort, seul le grondement sourd de l'usine trouble le silence. Maxime sait qu'il ne résistera plus.

La nuit venue il pousse la porte de la chambre, s'y glisse sans bruit, se faufile entre les draps et colle sa peau à celle de la jeune femme. La douleur le submerge. Sa bouche contre celle de Tania, dans la saveur salée de ses larmes, il se presse contre elle, sent rouler ses muscles, palpite contre le ventre de la jeune femme. Il n'ose aucune caresse mais s'accroche à son corps, l'entourant de ses bras et de ses jambes. Il s'enivre de son parfum et sombre dans un sommeil sans rêves Plusieurs nuits ils s'endorment ainsi, serrés l'un contre l'autre, chassant les ombres qui les entourent. Au petit matin il regagne sa chambre avec des précautions de collégien. Le séducteur est devenu un adolescent transi, recherchant la douceur et la tendresse de Tania, s'approchant d'elle avec prudence pour se contenter de ses baisers et du contact de sa peau.

Un soir enfin il s'autorisera à la prendre. La crainte d'être entendu bridera ses élans. Louise, Esther et Georges ne sont séparés d'eux que par une cloison. Maxime laissera aller et venir ses reins, plongera au plus profond de Tania jusqu'au moment où, n'y tenant plus, il mordra ses lèvres pour ne pas crier. L'effort pour se contenir décuplera son plaisir. Il tient dans ses bras celle qu'il désire depuis des années mais sur le point de perdre conscience, c'est l'image d'Hannah qui lui apparaît. Alors de toutes ses forces il la repousse, rejetant son visage clair dans la nuit.

J'en étais là. Grâce aux révélations de Louise j'avais bâti ce récit, pour en arriver à cette nuit. Une nuit durant laquelle un petit garçon et sa mère quittaient définitivement cette terre pour entrer dans le silence. Elle scellait le destin de mes parents et allait me permettre de venir au monde, quelques années après la mort de Simon. Je ne pouvais naître qu'à cette condition : sa vigueur cédait la place à ma fragilité et il s'enfonçait dans la nuit afin que je puisse voir le jour. C'était lui ou moi, un scénario comparable à celui des corps-à-corps nocturnes avec le frère imaginaire qui partageait ma chambre. On ne prononcera plus son nom, ni celui d'Hannah ; ne resteront d'eux que des sacs abandonnés derrière un fauteuil. Des vêtements, des odeurs, un chien de peluche, des objets orphelins, quelques photos que l'on reléguerait dans l'ombre, et des pensées coupables, dont je supporterais le poids.

A Saint-Gaultier la tension est palpable, dans le salon à l'heure de la veillée, dans la salle à manger au moment des repas, la maisonnée aux aguets observe les amants. Aucun des hôtes n'est dupe de leur apparente indifférence. Esther se contient avec peine, elle voudrait crier son mépris, cracher au visage du couple dont chaque étreinte est une insulte à la mémoire des disparus. Un vrai crime à ses yeux, répété nuit après nuit, exilant à chaque fois un peu plus Hannah et Simon. Louise tente de la calmer, elle-même déchirée, à la fois indignée par la trahison de Maxime et poussée à l'indulgence. Troublée par la beauté triomphante de Tania elle accepte leur rencontre comme un fait du ciel contre lequel il serait vain de lutter. Thérèse souffre en silence, elle a retrouvé sa défiance habituelle vis-à-vis des hommes. Maxime est

semblable aux autres, elle aurait dû s'en dou-
ter, un de ceux dont elle s'est préservée, un
mâle préoccupé de son seul plaisir. Son instinct ne l'a pas trompée, l'arrivée de Tania a
marqué la fin d'une période heureuse. Elle
rudoie son père, pointilleuse sur les questions
d'intendance elle tyrannise la maisonnée et
se retire aussi souvent que possible dans sa
chambre pour remplir d'amertume les pages
de son journal. Georges et le colonel jugent
sévèrement le comportement des deux amants,
mais considèrent cette union comme inévi-
table, le seul moyen pour Maxime de survivre
à sa douleur.

Que s'était-il passé ensuite ? Mon père et
ma mère, coupables aux yeux de tous,
déchirés par leur désir, avaient-ils osé s'aimer
au grand jour, se promener main dans la
main sur les rives de la Creuse, afficher leur
liaison aux yeux de leur famille ? Peu à peu
sans doute, avec d'infimes gestes au début,
puis s'enhardissant au fil du temps. Je me
demandais si Esther avait affronté ma mère.
J'imaginais bien ma tante au profil de tragédienne hurlant son indignation à la face de

sa belle-sœur, capitulant devant ses larmes, tombant dans ses bras et recueillant enfin ses confidences.

Les semaines s'étaient écoulées, les regards s'étaient sans doute adoucis et la vie avait repris son cours, jusqu'à ce que l'horreur se fraye un chemin au travers de la barrière de tranquillité qui protégeait Saint-Gaultier.

La rumeur commence à circuler dans la rue, chez les commerçants, au hasard des conversations. On ne peut plus se voiler la face, croire à un simple déplacement de populations, on parle désormais d'extermination systématique, de camps de la mort. Lorsque ces informations franchissent le seuil de la maison, projetant sur les murs des images de convois, de barbelés, comment Maxime peut-il encore trouver le sommeil ? Hannah et Simon reviennent hanter ses nuits. Il n'a plus la ressource de les croire prisonniers de l'autre côté de la ligne de démarcation, il doit maintenant envisager le pire.

Il m'a fallu imaginer les jours qui allaient suivre, jusqu'à la fin de la guerre. Alors on saurait : la déportation des parents d'Hannah après la grande rafle, la mort de Robert dans un stalag, victime du typhus. Un obstacle de moins sur le chemin de Maxime et de Tania, le garçon au regard moqueur balayé lui aussi par l'histoire.

Et l'on connaîtrait enfin la destination du convoi qui avait emporté Hannah et Simon. Il faudrait bien donner un nom à ce lieu, on en verrait pour la première fois les images. Resteraient à jamais imprimés dans les mémoires l'ombre d'un porche qui se découpe sur le blanc du ciel, les rails noirs qui filent vers l'abîme.

La famille a regagné Paris. Le sort qui s'est acharné sur Hannah et les siens leur a laissé la vie sauve. Tania est revenue vivre avec Martha. Maxime n'a pu supporter l'idée de dormir avenue Gambetta et s'est installé un lit de fortune au premier étage du magasin. Les deux amants s'imposent cette distance, ils n'osent plus se toucher. Il leur est devenu impossible d'écarter l'image des absents, de s'aimer dans ces lieux hantés. Il leur faut attendre.

Lorsque Tania apprend la mort de Robert, elle le pleure à peine, il est déjà si loin. Elle pense même qu'elle n'aura pas à affronter son regard. Mais que se passera-t-il si Hannah et Simon reviennent de leur exil ? Elle l'affirme à Maxime, dès leur retour à Paris : elle saura s'effacer. Il lui faut le dire et elle veut y croire. Il l'écoute, silencieux, la serre

dans ses bras, ils s'efforcent de chasser toute
pensée de leur esprit.

Après la Libération les familles espèrent
encore. A Paris on guette l'arrivée des
déportés, jour après jour on se rend aux nouvelles, on consulte les listes affichées dans le
hall de l'hôtel Lutétia. On passe de groupe en
groupe en brandissant des photos, on pose
des questions, on assiste à l'arrivée des autobus déchargeant sur le trottoir leur cargaison
de fantômes.

A plusieurs reprises Maxime prend le
métro jusqu'à Sèvres-Babylone, il en revient
bouleversé. Une foule hagarde envahit les
salons de réception, cohorte misérable tranchant sur le luxe des lieux. Des ombres fou-
lent les tapis épais, errent entre les grands
canapés et les miroirs, vacillent et s'accro-
chent au bar où peu de temps auparavant des
officiers allemands levaient leurs coupes à la
victoire. Chaque visage d'enfant, chaque œil
creux, chaque pâleur fait tressaillir Maxime.
Sous les vêtements en lambeaux des femmes
il croit, chaque fois, reconnaître la silhouette

amaigrie d'Hannah. Une douleur aiguë le traverse : celle de l'espoir qui se mêle à la
crainte. Un mur s'est élevé, qui étouffe leurs
voix, il peine à en retrouver les intonations, il
a oublié le timbre clair de son fils, les murmures de sa femme. En vain il cherche à
retrouver leurs rires, leurs expressions favo-
rites, leur parfum : il a commencé à faire son
deuil, Hannah et Simon ne reviendront
jamais.

Il faudra du temps pour que Tania et
Maxime envisagent une vie commune. Des
mois, passés à déménager des meubles, remplir des valises, soulever des objets encore
habités, plier des affaires imprégnées d'odeurs
familières, faire place nette. Maxime ne pourra
se résoudre a donner les jouets de son fils et les
déposera dans la chambre de service, au
sixième étage de l'immeuble où Tania et lui
vont vivre désormais. C'est là que je découvri-
rai Sim, quand j'y accompagnerai ma mère,
des années avant qu'un véritable chien, Echo,
le petit bâtard noir et blanc recueilli sur les
bords de la Marne, ne vienne partager notre
existence.

Je vais naître dans ce quartier, habiter cette rue calme. Une des pièces de l'appartement sera transformée en gymnase, où Tania et Maxime poursuivront leur entraînement. Ils se marieront, travailleront ensemble rue du Bourg-l'Abbé, se spécialiseront dans les articles de sport, la clientèle s'y pressera. De l'autre côté du couloir Louise ouvrira de nouveau son cabinet d'infirmière. Chaque fin de semaine ils se rendront au stade. Le dimanche soir ils participeront au dîner rituel chez Esther et Georges, avec le reste de la famille. Les blessures seront moins vives, seule une douleur sourde restera tapie au fond de chacun. On ne parlera plus de la guerre, on ne prononcera plus le nom des disparus. Peu de temps après ma naissance Maxime provoquera de nouvelles tensions en faisant modifier l'orthographe de notre nom. Grinberg sera lavé de ce « n » et de ce « g », ces deux lettres devenues porteuses de mort.

V

Louise m'avait permis de reconstituer l'idylle de mes parents coupables. J'avais quinze ans, je savais ce que l'on m'avait caché et à mon tour je me taisais, par amour. Les révélations de mon amie ne m'avaient pas seulement rendu plus fort, elles avaient aussi transformé mes nuits : je ne luttais plus avec mon frère, maintenant que je connaissais son nom.

Peu à peu je me détachais de mes parents. J'acceptais de voir les fêlures apparues sur ces perfections. Je les voyais combattre les premières atteintes de l'âge en redoublant d'énergie sur les courts, le dimanche. Mon père en souffrait davantage que ma mère et je surprenais parfois l'anxiété de son regard face au miroir. Un soir il était rentré effondré : pour la première fois une jeune femme lui avait cédé sa place dans le métro.

Mon apparence ne m'était plus une souffrance, je m'étoffais, mes creux se comblaient. Grâce à Louise ma poitrine s'était élargie, le vide sous mon plexus s'était atténué, comme si la vérité y avait été jusque-là inscrite en creux. Je savais désormais ce que recherchaient les yeux de mon père lorsqu'ils fixaient l'horizon, je comprenais ce qui rendait ma mère muette. Pour autant je ne succombais plus sous le poids de ce silence, je le portais et il étoffait mes épaules. Je poursuivais mes études avec succès, je lisais enfin l'estime dans les yeux de mon père. Depuis que je pouvais les nommer, les fantômes avaient desserré leur étreinte : j'allais devenir un homme.

Quelques années plus tard ma mère perdrait l'usage de la parole et de la marche, à la suite d'une hémorragie cérébrale. Je verrais fondre ses muscles, j'aurais à affronter la vision d'une femme amaigrie, méconnaissable, se balançant sur un fauteuil. Cette douleur, mon père la ressentirait plus violemment encore que moi. Habitué à lutter il ferait face les premiers temps, aidant ma mère dans sa rééducation. Mais le spectacle de sa championne appuyée à une béquille, sa jambe droite fauchant l'air à chacun de ses pas, lui deviendrait vite insupportable et blessé plus cruellement qu'un autre par cette vision, il déciderait d'y mettre fin.

Echo partageait notre vie depuis quelques années, passant ses journées en compagnie de mon père, dormant le soir sur mon lit. Il avait remplacé Sim, dont la peluche râpée avait rejoint les souvenirs poussiéreux de la chambre de service . je savais que je ne pourrais plus affronter l'éclair de ses petits yeux noirs, maintenant que je connaissais son histoire. Comment mon père avait-il pu supporter de me voir le serrer contre ma poitrine, l'installer à côté de moi à chacun de nos repas ? Et ma mère, qu'avait-elle ressenti en entendant de nouveau le nom de celui que j'avais arraché à sa nuit, qu'elle avait sans doute si longtemps craint de voir réapparaître ?

Mon père s'attendrissait lorsqu'il serrait son chien noir et blanc contre sa poitrine. Il emmenait Echo en promenade au bois, jouait avec lui comme avec un enfant, le lâchait le dimanche sur les pelouses du stade, roulait avec lui dans l'herbe.

Dès que mon emploi du temps le permettait je me rendais au magasin et sitôt arrivé je traversais le couloir pour rendre visite à Louise. Nous n'avions jamais interrompu nos conversations. Elle savait toujours écouter, ses yeux dans les miens, sa bouche projetant ses volutes de fumée, ses mains chassant de vieilles douleurs.

Lorsque j'étais remonté dans la chambre de service pour y rendre Sim à son lit de couvertures, j'étais tombé sur un album de photographies, à peine visible sous la poussière, au milieu d'une pile de magazines. J'y avais contemplé Maxime et Hannah en tenue de mariés, j'avais vu la jaquette noire et le chapeau haut de forme de mon père, j'avais fait connaissance avec le visage inquiet de sa jeune femme, aussi pâle que son voile, tournant vers son époux ces yeux clairs qui allaient si vite se ternir. Les pages cartonnées s'étaient ouvertes sur des scènes de famille, des groupes d'inconnus posant devant des maisons ensoleillées, des plages, des parterres de fleurs. Une vie en noir et blanc, des sourires aujourd'hui éteints, des morts qui se tenaient par la taille. Enfin j'avais vu Simon, dont les photos remplissaient plusieurs pages. Son visage m'avait paru étrangement familier. Je m'étais reconnu dans ces traits, à défaut de me retrouver dans ce corps. J'avais glissé dans ma poche l'une des photos de l'album qui s'était décollée, au dos de laquelle une date était inscrite : on l'y voyait en short et en maillot, au garde-à-vous devant un champ de blé, plissant les yeux face au soleil de son dernier été.

Un matin, peu avant mon dix-huitième anniversaire, le téléphone a sonné. Après avoir répondu mon père a raccroché, le regard absent, la main encore appuyée sur le récepteur. Il nous a annoncé la nouvelle d'une voix calme, puis s'est penché pour caresser Echo venu se coucher à ses pieds. Il est resté incliné un long moment, sa main ébouriffant la fourrure de son chien, puis s'étant enfin redressé il est parti enfiler son manteau. Il a accepté que je l'accompagne.

La voisine qui aidait Joseph pour ses courses et son ménage nous a fait entrer. Sur la table recouverte d'une toile cirée j'ai vu une assiette vide, un verre à demi rempli, une serviette chiffonnée. J'ai suivi mon père jusqu'à la chambre où j'allais voir mon premier mort. Mon grand-père reposait dans son lit, la tête rejetée en arrière, le teint cireux, la bouche

ouverte. Mon père l'a contemplé puis s'est
tourné vers moi pour me dire qu'il était heureux que son père soit mort dans son sommeil. La plus belle façon de quitter ce monde,
a-t-il ajouté. Je me suis approché du visage
de Joseph, j'ai touché sa joue du dos de ma
main, sa peau était glacée. Quel rêve l'avait
emporté ? Avait-il su qu'il disparaissait ?

Nous avons enterré Joseph au Père-
Lachaise. Nous nous sommes dirigés vers le
carré juif où mon grand-père allait reposer à
côté de sa femme. J'ai découvert la tombe de
Caroline, à deux pas de l'appartement de
Joseph, à quelques minutes de l'avenue Gambetta. Encore une question que je n'avais
jamais posée. Lors de nos balades parisiennes
mon père m'avait souvent emmené rendre
visite aux morts les plus célèbres du Père-
Lachaise, mais jamais nous n'avions fait le
détour par le carré juif. Pourquoi serait-il allé
se recueillir devant la dalle où était gravé
le nom de sa mère ? Il portait ses morts
en lui : ceux qui lui avaient été les plus
chers n'avaient pas de sépulture, leur nom
n'était inscrit sur aucun marbre. A plusieurs

reprises, lorsque nous étions passés devant le bâtiment du columbarium, il m'avait fait part de sa volonté d'être incinéré. Maintenant seulement je pouvais comprendre la véritable raison de son choix.

A peine arrivé à la maison mon père a saisi Echo dans ses bras et s'est approché de la fenêtre. Il l'a ouverte et s'est avancé sur le balcon pour rester un long moment à contempler la rue puis il s'est enfermé comme à son habitude dans le gymnase.

A l'oral du bac, j'avais tiré un papier sur lequel était inscrit le sujet à traiter, qui se résumait à un nom : Laval. Paralysé, j'avais bredouillé une phrase sur la collaboration, une seule, qui avait mécontenté mon examinateur. Persuadé d'avoir affaire à un nostalgique de Vichy je m'étais muré dans un mutisme qui m'avait valu de redoubler ma terminale.

Je voulus voir un signe dans cette mésaventure : je butais encore sur un mur. Il restait un blanc dans mon récit, un chapitre dont mes parents ignoraient eux aussi le contenu. Je connaissais un moyen d'en décoller les pages : j'avais appris l'existence d'un lieu à Paris où je pourrais trouver les informations qui me manquaient.

Au cœur du Marais le Mémorial possédait un service de documentation, les recherches de Beate et Serge Klarsfeld avaient permis un recensement complet de toutes les victimes du nazisme. En consultant les registres il était possible de retrouver le nom de chaque déporté, le numéro et la destination du convoi dans lequel il avait pris place, la date de son arrivée au camp et, s'il n'avait pas survécu, la date de sa mort. J'y ai passé une après-midi, à feuilleter l'un après l'autre ces énormes volumes : au milieu de milliers d'autres, j'ai enfin découvert les noms que je cherchais. Je les voyais écrits pour la première fois. Et j'apprenais ce qu'avait été leur destin : Hannah et Simon, après avoir transité par le camp de Pithiviers, avaient été expédiés en Pologne, direction Auschwitz. Ils y avaient été gazés au lendemain de leur arrivée.

Le numéro de leur convoi, la date de leur mort : des faits bruts, des chiffres. Les événements sur lesquels j'avais construit mes hypothèses prenaient, à la lecture du registre, un extraordinaire poids de réalité. Plusieurs fois j'ai relu les noms de ceux qui avaient partagé avec Hannah et Simon le terrible voyage, qui avaient connu comme eux l'obscurité d'un wagon plombé, l'horreur de la promiscuité. Des noms d'hommes, de femmes, et des noms d'enfants, dont le président Laval avait autorisé la déportation, au nom du rassemblement familial.

Savoir qu'ils avaient été assassinés dès leur arrivée me soulagea d'un poids. Cette date mettait un terme à toutes mes suppositions. Je n'aurais pas à convoquer les images de leurs années de déportation, leur calvaire, leurs nuits.

Ce que je venais d'apprendre, mon père l'ignorait. Qu'avait-il imaginé de la détention d'Hannah et de Simon durant toutes ces années ? Qu'imaginait-il encore aujourd'hui, quand son regard s'absentait, quand il ne pouvait trouver le sommeil ? Le retournement me troublait : tenu si longtemps à l'écart de ce drame, j'en savais aujourd'hui davantage que mon père sur son secret. Devais-je le laisser dans l'ignorance ? Je suis resté longtemps à me le demander, attendant une occasion que la vie saurait bien me fournir.

L'année suivante j'étais reçu au bac avec mention et je décidais de m'inscrire en faculté. Ma découverte de la psychanalyse durant les cours de philosophie avait été décisive. Plus tard, lorsque l'on me demanderait quelle avait été ma motivation pour entreprendre de telles études, je saurais quoi répondre : Louise, qui savait si bien écouter, m'avait ouvert les portes, elle m'avait permis de dissiper les ombres, m'avait restitué mon histoire. Je savais quelle place j'y occupais. Délivré du fardeau qui pesait sur mes épaules j'en avais fait une force, j'en ferais de même avec ceux qui viendraient à moi. Je ne savais pas encore que j'allais commencer avec mon père.

Un soir, de retour de la faculté, j'ai trouvé ma mère en pleurs. Echo venait de se faire écraser. Ils avaient rapporté le petit animal à la maison et l'avaient laissé dans le gymnase. Baissant la voix, ma mère me dit que depuis leur retour mon père n'avait pas quitté la chambre, elle ignorait s'il dormait ou lisait et n'osait pas le déranger. Il n'avait pas voulu déjeuner, n'avait pas prononcé un mot, sans doute se sentait-il responsable de cette mort : ils le promenaient au bois et mon père n'avait pas jugé utile de le tenir en laisse pour traverser l'une des avenues. Ma mère ajouta qu'elle n'avait jamais vu Maxime aussi bouleversé. Mon père avait surmonté la disparition de son fils et de sa femme, la mort de son chien le faisait s'effondrer.

Je suis entré dans le gymnase, je me suis penché sur Echo, couché sur le côté, la truffe ensanglantée. Mon visage s'est reflété dans ses yeux grands ouverts. J'ai proposé à ma mère d'aller moi-même le déposer chez le vétérinaire, qui saurait quoi faire de sa dépouille. J'ai détaché son collier avec précaution, j'ai ébouriffé une dernière fois sa fourrure, je l'ai enveloppé dans sa serviette.

Une heure plus tard j'étais de retour. Je suis entré dans la chambre, mon père était assis sur le bord du lit, la tête entre les mains. Il avait tiré les doubles rideaux, la pièce n'était éclairée que par sa lampe de chevet. J'ai pris place à côté de lui et je lui ai dit mon chagrin. Sans relever la tête il m'a répondu, d'une voix éteinte. Il m'a dit qu'Echo était mort par sa faute. Je me suis entendu lui dire que c'était vrai, qu'il était responsable de cela, mais de cela seulement. Cette phrase m'est venue sans que je l'aie préméditée. Il s'est redressé, pendant que je fixais la fenêtre, mon épaule contre la sienne, son regard interrogateur pesant sur moi. J'ai ajouté que j'étais fier de ce dont j'avais hérité, fier qu'ils m'aient tous deux transmis cette difficulté, cette question toujours ouverte qui m'avait rendu plus fort. Fier de mon nom, au point de souhaiter en rétablir l'orthographe d'origine. Cela aussi m'a échappé et mon père a soupiré, comme si j'anéantissais des années d'effort.

Après une profonde inspiration j'ai continué. J'ai prononcé le nom d'Hannah et celui de Simon. Surmontant ma crainte de le blesser je lui ai livré tout ce que j'avais appris, ne laissant dans l'ombre que l'acte suicidaire d'Hannah. Je l'ai senti se raidir, serrer ses mains sur ses genoux. J'ai vu blanchir ses jointures mais, décidé à poursuivre, je lui ai donné le numéro du convoi, la date du départ de sa femme et de son fils pour Auschwitz, celle de leur mort. Je lui ai dit qu'ils n'avaient pas connu l'horreur quotidienne du camp. Seule la haine des persécuteurs était responsable de la mort d'Hannah et de Simon. Sa douleur d'aujourd'hui, sa culpabilité de toujours ne devaient pas permettre à cette haine d'exercer encore une fois ses effets. Je n'ai rien dit de plus. Je me suis levé, j'ai tiré les doubles rideaux, ouvert la porte et demandé à ma mère de nous rejoindre. Et j'ai tout répété, afin qu'elle sache, elle aussi.

Mon père est sorti de sa chambre pour dîner avec nous. Au moment où je partais me coucher il m'a arrêté, d'une pression légère de sa main sur mon épaule. Je l'ai serré dans mes bras, ce que de ma vie je n'avais encore jamais fait. Son corps m'a paru frêle, celui d'un homme âgé que je dominais maintenant d'une tête. Me sentant étrangement fort je n'ai pas versé une larme, la mort de notre chien avait été l'occasion d'un nouveau retournement : je venais de délivrer mon père de son secret.

Epilogue

Un soir d'été, j'ai eu envie de retourner dans le petit bois qui entoure le château, tout près de notre maison. J'ai demandé à ma fille de m'y accompagner.

Rose et moi avons remonté la rue qui mène à la sortie du village. Nous sommes arrivés face à l'ancienne herse et un peu plus loin nous nous sommes enfoncés dans le fouillis de branches et d'arbres abattus par la tempête, pour gagner l'arrière du château. Assis au milieu de ses douves, flanqué de quatre tours coiffées d'ardoise, il paraissait assoupi derrière ses volets clos.

La fois précédente j'avais franchi les limites de la propriété en toute innocence et le hasard m'avait mené non loin du petit cimetière. Qui reposait sous ces pierres ? Craignant d'être surpris je sursautais à chaque craquement de brindille. La silhouette d'un garde-chasse sur l'esplanade du château m'avait dissuadé de m'approcher davantage.

Mais ce jour-là la voie était libre : nous pouvions enjamber l'arbre couché qui défend l'entrée du carré d'herbe et pénétrer dans l'enclos, face à l'alignement des tombes.

Entre-temps je m'étais renseigné sur le propriétaire du château. Un ancien du village m'avait donné son nom : le comte de Chambrun, descendant du marquis de Lafayette, avocat international. Epoux de la fille de Laval, fervent défenseur de son beau-père, auteur d'ouvrages visant à réhabiliter sa mémoire.

Je savais maintenant chez qui nous étions. Ma fille et moi nous sommes approchés des stèles. Sur la première nous avons pu lire :

Barye
1890
Pompée
1891
Madou
1908

Brutus
1909

Un cimetière de chiens. Semblable à ceux qui entourent les vieilles églises de nos campagnes. Une tradition instaurée par les anciens maîtres des lieux et entretenue par les suivants, à en juger par les tombes plus récentes :

Whisky
1948-1962
Chien de Soko
ami fidèle de mon père
Josée de Chambrun

Vasco
1972-1982
De mourir est la seule peine
qu'il nous ait jamais faite
Josée de Chambrun

« Ami fidèle », « la seule peine qu'il nous ait jamais faite », ces lieux communs m'ont touché. Aussitôt j'ai revu Echo, abandonné sur la table d'un cabinet vétérinaire avant de rejoindre une montagne de dépouilles destinées à l'incinération. Mais j'ai vite ressenti un malaise à la lecture de ces stèles, dont les dates si rapprochées faisaient penser à des tombes d'enfants : Josée de Chambrun, fille de Laval, enterrait ici ses animaux chéris.

Le nom était de nouveau sorti de son chapeau. Le président Laval, qui avait encouragé – afin de ne pas séparer les familles, plaidat-il pour sa défense – la déportation des enfants de moins de seize ans avec leurs parents. Voilà ce que j'aurais répondu à l'examinateur le jour du bac, s'il ne m'avait pétrifié. Et j'aurais même ajouté la phrase odieuse de Brasillach : « Surtout n'oubliez pas les petits. »

Comment oublier les petits, ombres sans sépulture, fumées planant sur des terres hostiles ? Je suis reste immobile, l'œil fixé sur les inscriptions. Devant ce cimetière, entretenu avec amour par la fille de celui qui avait offert à Simon un aller simple vers le bout du monde, l'idée de ce livre m'est venue. Dans ses pages reposerait la blessure dont je n'avais jamais pu faire le deuil.

Un appel de ma fille m'a fait sursauter. Elle voulait me montrer une pierre isolée, au sommet taillé en demi-cercle, cachée par des branchages. Une sépulture plus modeste que les autres :

Dear Grigri
1934-1948

Celui-ci avait été particulièrement aimé et regretté. Peut-être était-ce la brièveté de l'épitaphe qui la rendait plus émouvante. Mais par qui avait-il été pleuré ? Encore une fois ces simples mots m'ont touché et j'ai de nouveau pensé à Echo, avant de me révolter. Qu'allais-je faire de ma colère ? Profaner ces lieux, couvrir ces stèles d'inscriptions injurieuses ? Je m'en suis voulu, ces pensées ne me ressemblaient pas. Rose manifestait des signes d'impatience, je lui ai proposé de rentrer rejoindre sa mère, de me laisser ici encore quelques instants. Elle a accepté

et s'est éloignée, agitant sa main sans se
retourner.

Je me suis assis sur le tronc, derrière moi
la flèche d'une tourelle étirait son ombre dans
le soleil couchant jusqu'à venir toucher les
premières tombes. On n'entendait que le
froissement des feuilles agitées par la brise, le
cri aigu d'un merle. J'ai regardé mes mains
posées sur mes cuisses, les sillons qui peu à
peu y étaient apparus, les fêlures. Elles m'ont
fait penser à celles de mon père, telles que je
les avais connues dans ses dernières années.
Je lui ressemblais enfin.

J'ai revu les mains de Louise, ces doigts si
puissants qui soulageaient mes parents, celles
d'Esther, oiseaux qui voletaient autour de
son visage lorsqu'elle animait les dîners du
dimanche soir. Enfin je me suis souvenu
de la main de ma mère, les mois qui avaient
suivi son attaque, crispée sur un rouleau de
mousse pour éviter que ses ongles ne viennent s'incruster dans ses paumes. Ma mère
définitivement silencieuse, se déplaçant du
salon à la chambre, appuyée à sa béquille. J'ai
revécu la détresse de mon père devant ce

spectacle, cherchant en vain à retrouver dans cette silhouette la splendeur de celle qu'il admirait lorsqu'elle s'élançait depuis la pile du pont pour suspendre son vol au-dessus des eaux de la Creuse.

Face aux tombes alignées dans le carré d'herbes j'ai repensé au dernier geste de mon père. Prenant sa femme par la taille, il l'avait aidée à se lever pour la conduire tout douce-ment vers le balcon du salon, pour un ultime plongeon. Qu'avait-il murmuré à son oreille avant de l'enlacer et de basculer avec elle ?

Louise et Esther, les deux seules survivantes de la famille, m'avaient accompagné au Père-Lachaise. Tous trois nous avions veillé sur le cercueil de ma mère pendant que mon père, selon son vœu, rejoignait Hannah et Simon, colonne de fumée noire s'échappant des cheminées du crématorium. Ensemble nous avions recueilli ses cendres pour les déposer auprès de ma mère, dans la tombe du carré juif. Les deux femmes s'étaient retirées discrètement, pour me laisser seul au bord de la fosse. Lorsque je les avais vues s'éloigner dans l'allée bordée d'arbres, voûtées, désemparées comme après leur passage de la ligne, je m'étais hâté de les rejoindre et m'étais glissé entre elles, mon bras sous le leur, pour conduire mes deux vieilles amies jusqu'au porche du cimetière.

Peu de temps après j'étais retourné au Mémorial, ayant lu dans la presse que les Klarsfeld envisageaient de publier un ouvrage consacré aux enfants de France morts en déportation. J'avais déposé au service de documentation la photo de Simon conservée dans le tiroir de mon bureau, accompagnée des renseignements demandés. Quelques mois plus tard je recevais le gros livre noir, le terrible album rempli de sourires, de robes et de costumes du dimanche, de coiffures apprêtées, dans lequel il figurait, clignant les yeux sous le soleil, devant son rempart d'épis de blé.

Des années après que mon frère avait déserté ma chambre, après avoir mis en terre tous ceux qui m'étaient chers, j'offrais enfin à Simon la sépulture à laquelle il n'avait jamais eu droit. Il allait y dormir, en compagnie des enfants qui avaient connu son destin, sur cette page portant sa photo, ses dates si rapprochées et son nom, dont l'orthographe différait si peu du mien. Ce livre serait sa tombe.

Photocomposition Nord Compo
Villeneuve-d'Ascq (Nord)

Impression réalisée sur CAMERON par

BUSSIÈRE CAMEDAN IMPRIMERIES

GROUPE CPI

à Saint-Amand-Montrond (Cher)
pour le compte des Éditions Grasset
en septembre 2004